光文社文庫

神さまたちの遊ぶ庭

宮下奈都

光　文　社

目次

神さまたちの遊ぶ庭

新年

引っ越すことになった

二〇一三年、一月。

お正月休みでのんびり寛《くつろ》いでいた晩に、夫が突然、言い出した。

「やっぱり、帯広はやめないか」

四月から二年間、家族で帯広へ行くことになっていた。夫が、どうしても北海道で暮らしてみたい、と希望したからだ。

札幌でも、旭川でもなく、帯広。十勝の中心であり、美しい街である。おいしいものもたくさんあり、空港にもほど近い。とはいえ、本州とも行き来の多い札幌や旭川とは文化圏が違うと聞く。

それでも北海道の雄大さを感じられる場所で暮らしたいというのが夫の願いであり、週末に足を延ばす拠点としても帯広はちょうどいいのではないかと白羽の矢を立てていたのだ。運よく仕事も見つかった。

しかし、それをやめたいと言う。

「いいんじゃない」

のんきに賛同した。きっと、ゆっくり過ごしたお正月で、福井のよさに気づいたのだ。

「そういうことじゃなくて」

夫は首を横に振った。

「せっかく北海道へ行くなら、大自然の中で暮らさないか、ってこと」

夫が北海道を愛していることはずっと前から知っていた。小さなコミュニティで暮らしたい、そこで働く人になりたい、というようなこともときどき話していた。でも、生まれも育ちも東京の夫と福井の私が結婚して子供たちに恵まれ、福井に暮らしている。「北海道」も「小さなコミュニティ」も夢や憧れに分類されるものだと思っていた。だいたい、大自然の中で暮らすには、相応の能力が要るだろう。そう思ったけれど、夫が何かを言い出したら手強《てごわ》い。

「大雪山国立公園の中にトムラウシっていう集落があって、すごくよさそうなんだ」

とむらうし？　何それ、と思う。どこかで聞いたことのあるような名前だけれど、どんな字を書くのか想像もつかない。

調べてみた。トムラウシ。アイヌの言葉で、花の多い場所を意味する。漢字は当てられず、日本百名山の中で唯一のカタカナ名の山だという。

地理的には、北海道の真ん中、ちょうど重心にあたる場所に位置している。大雪山国立公園の中の、標高二一四一メートル、北海道で二番目に高い山だ。聞いたことがあるような気がしたのは、何年か前に、ここで大規模な遭難事故があったからだ。真夏だというのに、低体温症で次々と倒れたという、恐ろしい遭難事故。その報告書を、私は読んだことがあった。

「カムイミンタラだよ」

カムイミンタラというのは、アイヌの言葉で「神々の遊ぶ庭」。そう呼ばれるくらい、素晴らしい景色に恵まれた土地なのだそうだ。検索して出てきた画像は、たしかに美しかった。素晴らしい景観だということはよくわかった。この山の麓《ふもと》から三五〇メートルほどのところに、小さな集落があるらしい。そこに牧場があり、小中学校がある。そこに行こう、と夫は言っているのだった。

「遊びに行けばいいじゃない」

遊びになら行きたい。でも、暮らすところではないと思った。

なにしろ山の中である。いちばん近いスーパーまで、山道を下って三十七キロだという。ありえない。誰が晩のおかずの買い物をするのかしら。

小中学校は併置校で、現在の生徒は小中あわせて十人。小学生が九人、中学生はたったひとりだ。数少ない僻地《へきち》五級の学校だそうで、校区はおよそ八〇〇〇〇㎢。山村留学制度があって、外からの児童生徒を受け入れているという。携帯は三社とも圏外。テレビは難視聴地域（特別豪雪地帯で、雪が降ると映らない）。……話を聞くうちに、わくわくしてきた。すごいなあと思った。もちろん、自分が暮らすのではなく、そういう場所もあるんだなと感心するような、空の遠い星に手を振るような気分だった。

でも、夫は真剣だった。夢だとか憧れだとか遠い星だとか思っていた私とはぜんぜん違った。今、目の前にチャンスがあるのだと彼は言った。

「待って。目の前にはないよね？」

私の目の前には、キャロラインの必死の形相《ぎょうそう》が浮かんでいる。キャロライン・インガルス。「大草原の小さな家」の「かあさん」だ。彼女も「とうさん」が口にしたチャンスという言葉には首を捻《ひね》ったのではないか。いや、チャンスという言葉を口にした場面を私が見たわけではない。でも、幼い娘たちを連れて未開の開拓地へ出る「とうさん」はきっとチャンスという言葉を使って「かあさん」を説得したはずなのだ。

家族の留守中に怪我をして破傷風になり、かあさんが自分でナイフを熱して傷口を抉《えぐ》るシーンが唐突によみがえる。ぎえあああ。

「帯広じゃ駄目なの？」

そもそも、子供たちのことも考えて帯広を選んだつもりだった。帯広は街だ。学校も各種揃っている。小さなコミュニティではないが、北海道欲は満たされる予定だった。夫の仕事も決まっていたのだ。それなのに、今さら覆すのか。

「あきらめきれない」

帯広では大きすぎる。もっと田舎へ、もっと自然に根ざした暮らしがしたい。無口な夫が二年分くらい喋った。

決め手は、子供たちだった。十四歳、十二歳、九歳の子供たち。彼らがそんな辺《へん》鄙《ぴ》な場所に暮らしたいと願うとは考えにくいではないか。暮らしは間違いなく不便になるし、こちらの友達と別れた上、全校生徒十人であるから、新しい友達が簡単に見つかるとも思えない。

「じゃあ、子供たちに聞いてみようよ」

私はにっこりと譲歩してみせた。何も自分の手を汚すことはない。子供たちに聞けば、反対するに違いないのだ。子供たちが反対してくれれば、私と夫が議論をする必要もない。

それなのに、だ。予想に反して彼らは目を輝かせた。

「いいね」

「おもしろそう」

「どうせなら、そういうところで暮らしてみたい」

――あっさりと決着はついた。ついてしまった。思いがけない決着に、つい笑ってしまった。トムラウシへ、ほんとうに行くのか。

まずは、トムラウシには小中学校はあるが、高校はない。山を下りて学校へ通うには遠すぎる。したがって、長男が中学を卒業するまでの一年限定で行くことにしたい。

山村留学制度には、選考がある。こちらが希望しても、通らない場合もある。さらに、トムラウシには夫の働く場所はないだろう。どうやって収入を得るか。

考えなければならないことはいくつもあった。

ところで、このエッセイを書くにあたって、一応家族の了解を取ったのだが、慎重派の次男だけは、あまり自分のことは書かないでほしいと言った。まあ、もともと次男はわが家の三兄妹の中で最もまじめできちんとしている働き者なので、自然に出番は少なくなるだろう。どうしても、突飛な言動をする子のほうに焦点は合いがちである。

「わかった。あんまり書かないようにする」

請けあうと、ほっとした様子で言った。

「名前も仮名にしてほしい」

うむ。それは私も考えていた。本人の知らないところで表に名前が出てしまうのはあまりよくないことかもしれなかった。

「漆黒《しっこく》の翼」

「え？」

「だから、仮名。『漆黒の翼』にして」

ほんとか。宮下漆黒の翼か。それでいいのか次男。

二月某日　周囲に報告を始める

上の息子は四月から中学三年生になる。学校の先生に事の顚末を話すととても驚かれた。

「どこで受験するんですか」

「福井に戻ってきます」

そうなのだ、ここが肝だった。トムラウシに限らず、北海道の僻地に住む子供たちは、中学を出ると親元を離れて寮や下宿生活をしながら高校へ通うのだという。

私は子供たちを十八で手放すと決めていた。逆にいえば、十八年間はみっちりと一緒に暮らしたかった。

高校がないなら、一年でいい。夫は言った。一年間だけなら、家族で行ける。戻って福井で高校に入ればいい。今年が、家族全員で北海道に住む最後の「チャンス」なのだ。

「福井で受験するのであれば、二月には戻ってきたほうがいいですね。いろいろと準備が必要ですから」

「えっ」

二月……雪まつりはどうするのだ。ゆ、と私は口に出していた。ゆき、くらいまでは口走っていたかもしれない。雪まつりは北海道の冬の目玉ではないか。受験は三月のはずだ。二月は雪まつりだ。

しかし、飲み込んだ。私は大人だった。

「そんなに大変なんですか、受験って」

まるでひとごとのような声が出て、先生にも伝わったのだろう。あわれむように目を逸らされた。

先生だけじゃない。北海道の山行きを告げると、いろんな反応が返ってくる。いいなあ、と言ってくれる人。楽しそうだねえ、とうらやんでくれる人。だいじょうぶなの？　と心配する人。編集者の反応も様々だった。

「遊びに行きます！」

即座に手帳をめくる人もいたし、

「一生に一度、一年間だけとわかっていても、そこで暮らすのは私には絶対に無理です」

わざわざ告白する編集者もいた。

双方の両親の反応も分かれた。一方が、おもしろそうだなあ、子供たちにもいい経験になりそうだなあ、と肯定的だったのに対し、もう一方は強い拒否反応を示した。

「熊に襲われるかもしれないわよ。谷底に落ちるかもしれないのよ」

電話でそう言った。町の名前しか出していないのに、だ。麓のその町からさらに山を上ったところに、私たちの住む地区がある。驚かせるにしのびなくて地区の名前は出しそびれた。

「お母さんがそんなことになったら、子供たちがかわいそうよ」

言われて気がつく。熊に食べられるのも、谷に落ちるのも、どうやら私ということになっているらしい。

「あの、熊は出ないそうです。道もちゃんと通ってて、谷底に落ちる心配も特には――」

言いかけたが、遮《さえぎ》られた。

「子供たちの学校はあるの。教育はどうするの」

「学校もちゃんとあります（併置校だけど。中学校の生徒はひとりだそうだけど）」

「高校受験っていうのは、そんな甘いものじゃないのよっ」

すみません。高校受験でそんなに騒いでどうするんですか。と思ったけれど、

「もしかしたら、すんごくがんばれば、帯広の高校に通えるかもしれませんし」

と、口から出まかせを言う。

「帯広なんて駄目よ、僻地なんだから」

ヤヴァい。帯広が僻地なら、山はどうだ。とんでもないことになる。

「子供たちの教育のことをもっとちゃんと考えてあげてちょうだい」

私の頭には、高校生クイズでめちゃめちゃかっこよかった北海道の高校生たちの姿がよぎった。優秀だったよなあ、北の高校生。

っていうか、賢い人はどこにだっている。っていうか、北海道で心配なら福井でだってじゅうぶん心配だ。っていうか、そもそも僻地は駄目なのか？

「駄目よ、浩太（仮名）も反対してるわよ。友達が少ない学校じゃ子供たちがかわいそうだって」

浩太くんというのは義妹の息子で、つまりうちの子供たちにとっては従兄《いとこ》にあたる、穏やかでやさしい子だ。しかし、かわいそうかどうかは人に決められることじゃない。

「浩太は部活三昧だけど、友達にも恵まれて素晴らしい高校生活を送っているわよ」

「よかったですね。でも、僻地に行きたがっているのは私ではなくて――」

あなたの息子さんなのですよ、と言いたかったが、思いとどまる。では私はこの人の息子のせいで、しぶしぶ僻地へ行くのか？　そんなことはないだろう。そんなことはないはずだ、と思った。自信はなかった。まだ揺れていた。

私だって熊に齧《かじ》られたり谷底に落下したりするのは嫌だ。破傷風の傷を自分で手術するのもできれば避けたい。だけど、福井にいれば安心なのか。東京にいれば安泰なのか。

電話を切ってから、思い立って浩太くんの通っている高校を検索する。疑念があった。そんなに素晴らしい高校生活を送っているのか。たった一年間、山で暮らすことを、おもしろそうだと思わず、かわいそうだと感じるのか。

学校名を打ち込むと、偏差値が出てきた。七十五。なんとなく納得した。縛られてるんだな、と思った。賢明すぎて外れるのが怖いんだろう。日本に偏差値七十五の高校がいくつあるのか知らないが、たしかに帯広にはないだろう。福井にもない。山にはもっとない。限られたところにしか生息できない偏差値七十五の少年は、かえって窮屈だろうと思う。

二月某日　男チーム、山の小中学校に面接に行く

私は体調を崩しており、むすめと家で留守番。福井は吹雪《ふぶき》だった。飛行機が飛ばないんじゃないかと心配したが、現地は晴れていたらしい。

夜、チームから興奮気味に電話がかかってきた。立派なエゾシカが二頭、一面雪の小学校の校庭で歓迎の舞いを舞っていたそうだ。

「普段ならエゾシカは人間がいると山から降りてこないんだって。でも、今日は校庭まで来てくれたの。きっと歓迎してくれてるんだね、ってかわいい男の子が教えてくれたんだよ」

電話口で次男がうれしそうに話す。長男に電話を替わる。彼はひとこと、

「景色が『神』だよ」

と言った。神か。神じゃしかたがないな、と思う。

乱舞する二頭のエゾシカに歓迎の意図があったかどうかは知らない。でも、それを伝えてくれる小さい男の子の存在がとてもうれしかった。ともかく息子たちのハートはころっと捻られてしまった。もちろん夫もだ。翌日帰宅した夫は、牡鹿の角がどんなに立派だったか、とくとくと話してくれた。山村留学生用の住宅も見せてもらったらしい。どちらかというと、その話を詳しく聞きたかった。

二月某日　浮かれた夫が車を買い替える

ぜんぜんかっこよくない。なんでわざわざハイエースなんかに替えるのか。山に友達が遊びに来たときに乗せられるように、だそうである。しかし、夫に友達はいない。

二月某日　車庫にハイエースが入らないことが判明する

「見かけるよ、ときどき。車庫に入りきれなくてシャッターを閉められない家」

ひややかに言うと、自宅を建てたときの図面を見ながらしばらく考えていた夫が、

「この壁を取ればいいんだ」

とんとんと指で図面を指してうなずいた。物置になっている部分の壁を壊して取り払えば、縦に長いハイエースでも収まるのだという。物置に収納してある物たちをどうするのかと思うが、さっそく設計事務所に電話をしていた。車を買い替え、車庫を改造し、明らかにわが家の家計は危ないと思う。この後、さらにおそるべき出費が待ちかまえていたのだけれど、このときはまだ知る由もない。

二月某日　引っ越しの見積もりに来てもらう

百二十万、と言われて青ざめる。

「あのう、会社持ちじゃないんです、自腹なんです」

おそるおそる申告したら、引っ越し業者のお兄さんもしばし沈黙。日にちをずらし、直行トラックではなくコンテナで時間をかけて運べば代金は安くなると提案してくれる。ぜんぜんいい。ずらしてもコンテナでもぜんぜんいい。片道百二十万円って、つまり往復で二百四十万円じゃないの。

結局、引っ越しは四月二日で、搬入は四月五日、ということで折り合いをつける。搬入を十五日以降にすれば半額以下になる、とも言われたが、さすがに二週間荷物を待つのはつらすぎるだろう。ハイエースに毛布と最低限の食料と防寒具だけ積んでいけば……と一瞬考えなくもなかったが、たぶん、いろいろ困る。というより、それで困らないくらいなら、ハイエース一台で引っ越せばいい。

荷物をできるだけ少なくするため、夫が子供たちに、荷物は段ボールひとり一箱だと厳命している。だいじょうぶか。一箱だけで足りるのか。それなら今家にあるこのたくさんの荷物は何なのだ。

三月某日　新住所

むすめが引っ越すことを知ったクラスメイトが、手紙を書くからと新しい住所を聞いてきた。

「えっとね、新得町《しんとくちょう》、屈足《くったり》」

「え、ぐったり？」

「ううん、くったり」

「どんな字？」

「んー、ひらがな」

平仮名ではないだろう。

後日談になるが、引っ越し先に届いた彼女からの手紙にはやっぱり、しんとくちようぐったり、と書かれていた。

三月某日　息子の作文、「二十歳の自分へ」

ちょうど二年前の今頃、小学校卒業を前に長男が書いた作文を読んだ記憶がよみがえる。

「二十歳の自分へ。今頃、パティシエになっていますか?」

料理好きな息子だけれど、パティシエになりたかったとは知らなかった。

作文は続いていた。

「なっていたら驚きます。今、一ミリもなりたいと思っていないので」

次男も書いている頃だろう。早く持って帰って見せてほしい。

三月某日　住宅ローン控除について問い合わせる

ふと、疑問がよぎった。住宅ローン控除というものは、家を離れると無効になってしまうのではなかったか。いや、期間限定でまた戻るなら、申告すれば免除されると聞いたことがあったようななかったような。

検索しても、免除の条件を満たしているのかそうでないのか、よくわからない。

思い切って、税務署に問い合わせてみた。

「やむをえない事情があれば、猶予されます」

「あります、やむをえない事情」

即座に返答する。

「心の奥底からのやむにやまれぬ欲求に突き動かされて、北海道へ行くのです。この家を離れざるをえないのです」

電話でよかった。面と向かってはとてもとても言えなかった。が、相手も即答だった。

「それは、本人の意思によるものではないですか。『やむをえない事情』とは、本人の意思に反して、つまり多くは勤務先の命令によって家を離れなければならない場合のことを指します」

淡々と説明される。

「えっと」

ここで引き下がれば控除は受けられなくなるだろう。ここが踏ん張りどころだ。がんばれ。もうちょっとだけがんばれ。

「ええっと」

しかし、うまく言葉にできない。話すのは苦手だ。書かせてください、と言いたくなる。書いて説明するほうがまだましだ。

「本人の意思ではなくて、えっと、もっと深いところから生まれてくる、ほ、ほ、本能的なものです。い、意思とはちょっと違うと思います」

われながら説得力がなかった。電話の向こうがしらけているのがわかる。

起死回生の質問をぶつけてみた。

「えっと、では、配偶者である私の分の控除はどうなりますか。夫が行くことを決めて、子供もいるので私はそこについていかざるをえません」

ついていかざるをえない＝やむをえない事情、と取れるのではないかと期待したからだが、自分で言うそばからこれは無理だろうと思った。税務署の人の答えは明快だった。

「一緒に行くか、そこに残るか、あなたの意思で決めたのではありませんか」

ぐうの音も出ない。はい、そうです、そのとおりです。私の意思で決めました。

「ありがとうございました、よくわかりました」

お礼を言って電話を切る。すがすがしい気持ちだった。やむをえない事情だと思ってみようとしたけど無理だったなあ。私も山で暮らしてみたかったんだなあ。

すっきりはしたけれど、これでふたり分のまだこれから何年分も残っていた住宅ローン控除がフイになった。

三月某日　熱海箱根ツアーを断念

体調不良のため、楽しみにしていた温泉旅行を見送った。

主に文筆業の女性ばかり五人。昔の私に、「二〇一三年に、山本文緒《やまもとふみお》さんと温泉旅行に行くよ」と教えても信じないだろう。「そんなことあるわけないじゃん」と怒るかもしれない。でもほんとだよ。ほんとなんだよ、昔の私。えへへ。

日程を合わせたり宿を選んだりするのも楽しかった。ずっとファンだった作家と一緒に露天風呂に入るのはどんな気分だろう。想像するだけで鼻血が出そうだった。

すべてをあきらめて家で寝ている私に、旅行先から楽しげな写真付きのメールやラインやツイートが届けられる。

「宮さん、早くよくなってね。春から北海道なんだよね？　このメンバーで遊びに行くからね！」

椰月美智子《やづきみちこ》さんからのラインのメッセージだ。

「ありがとう！　ぜひ来てよね。夏がいいよ」

いそいそと返信する。

「帯広だっけ？」

そう、以前は帯広に決まりかけていた。

「行き先、変わったのよ」

山の名前を書く。トムラウシ。ああ、温泉宿で話すつもりだった。楽しかったろうなあ、浴衣でおしゃべり。

しばらく間が空いて、

「ケメコ先生、そこ知ってるって」

ケメコ先生こと北大路公子《きたおおじきみこ》さんは札幌在住のエッセイストである。道民なら地名を知っていてもおかしくない。

そこでラインは途絶え、翌朝ふたたびメッセージが届いた。

「次のツアーは沖縄に決まりました」

「えっ」

「地名で検索したら遭難事故が出てきたよ。夏でも凍死する山なんだね。宮さん、生きて戻ってね」

夏山で凍死するのも、どうやら私と決まっているらしい。

四月

長い長い春休みが始まる

トムラウシへ引っ越すことを決めてからは、勢いまかせだった。行くと決めたのだから、楽しもう。無理にそう思うより先に、楽しいに違いない、という気持ちのほうがどんどん強くなっていった。自然の中で暮らしたいという願いは、これまで口にしたことがなかったのが不思議なくらい、身体の中で育っていたみたいだ。チャンス。そう思ってもいい気がした。自然の中で、家族それぞれが一年をかけて、これからどう生きていくか考えるチャンス……だと思いたい。

四月某日　北海道へ出発

引っ越し荷物の搬出を終え、フェリーに乗り込んだのは深夜だ。敦賀《つるが》港に二十三時半集合で、乗船できたのは午前零時過ぎ、出港は一時半。眠い。眠いじゃないか。

ねぼけまなこで車から降ろされたむすめが、あれ？　と言っている。

「どこに行くの？」

まだ北海道へ行く実感がないのかもしれない。この子が一番福井に愛着を持っているようだった。わざと明るい声で答える。

「北海道に行くんだよー」

「……だって、あれ、なあに？」

「船でしょ」

するとむすめは驚いた顔になった。

「どうして？　ヘリーで行くって言ってたじゃない。これ、飛ぶの？」

ヘリじゃなくて、フェリーだ。

ようやく乗り込んだデッキで、夫がしみじみとつぶやいた。

「ああ、やっとこれから春休みだなぁ」

春休みか。長い長い春休みがこれから始まるのか。

「北海道でもクラブあるかなぁ」

横でむすめが心配している。福井では小学四年生から課内クラブが始まる。むすめはそれをとても楽しみにしていたのだ。

「これからの生活は、そのままクラブ活動みたいなものだよ」

夫が変ななぐさめ方をしていた。

長い春休みと、長いクラブ活動みたいなものに、今、ヘリーに乗って出発する。

四月某日　山へ向かう

ヘリーには二十時間ほど乗る。ちゃんとベッドで寝るし、レストランもあるし、大浴場のお風呂にも入れる。シアターで映画も観た。ほとんど揺れない。快適だった。

苫小牧《とまこまい》に着き、車が港に降りたのは夜九時を過ぎていた。福井とは空気が違う。ひんやりしている。真冬のコートを着込んで、家族全員テンションが上がっている。

でも、ここで一泊。翌朝、トムラウシへ向かう。

苫小牧から、北海道の真ん中、十勝へ。窓の外の景色が変わっていく。北海道はどこも好きだけれど、十勝の景色は格別だ。目的地に近づくにつれ、さらに風が冷たくなっていく。吐く息が白い。北上しているのが身体でわかる。

途中の町役場で転入手続きを済ませ、いよいよ山を上る。眺めが素晴らしい。よくぞこんなところを切り拓いてくれました、と思いながら黙って窓の外を見ていた。夫は、どうだすごいだろう、と言わんばかりに得意げだ。

湖が凍っている。ピーンと表面に張った氷ではなく、長い時間をかけ深く凍りついた様相の湖だった。寄せる波がそのまま斑《まだら》の氷になっている。怖かった。川が流れ、湖が佇《たたず》み、右手にも左手にも高い山々が見える。それらすべてが雪に白く閉ざされて、息をのむほど美しい。映画の中に紛れ込んだようだった。道の端からエゾシカが考え込むような瞳でこちらを見ていた。

やがて、小さな学校が見えてきた。木造のかわいらしい学校。集会所。職員宿舎。森林事務所。そして、山村留学生用の住宅が四軒。

私たちが使わせてもらう家は、年季の入った長屋の片割れだ。築何十年になるのだろう。昔、診療所だった建物だと聞いた。そう言われてみればそれらしい造りだが、中は改装されて、きれいになっている。町内会の有志が掃除して畳まで替えてくれたという。ありがたい。何十年も前に建てられて、改築し、改装し、何組もの山村留学の親子が暮らしてきた家だ。私たちもがんばって暮らしを充実させよう、と思うものの、この部屋は昔何に使われていたんだろうかとつい想像してしまってびくびくした。ここが待合室かな、ここが診察室かな。レントゲン室で寝るのはなんとなく嫌かな。

この日は、荷物がまだ着かないので、集落の一番上手にある温泉に泊まった。

四月某日　顔合わせ

二軒長屋のもう片方には、千葉から来た家族が住んでいる。お母さんと子供が三人。お父さんは仕事のために千葉に残っているそうだ。

「小学校卒業までのつもりだったけど、結局延長しちゃった」

一番上のお姉ちゃんが、この春うちの次男と一緒に中学校に入学するという。下に、小五の女の子と、小二の男の子。

反対側の隣にも、うちの次男と同じ歳の女の子がいる。この家もお母さんと子供がふたり。ただし、上の女の子はここの中学を卒業して、帯広の高校に下宿して通っているという。

「じゃあ、やっぱり山村留学を延長して？」

聞くと、にっこり笑った。

「うん。うちは七年目。こんなに長くいるとは思わなかったんだけどね」

その向こうの家にはお父さんお母さんと小学生の女の子がひとり。ここも五年になるという。最初はお母さんと女の子で来て、去年からはお父さんも合流し、牧場で働いているそうだ。

「みんな、ここが気に入っちゃうんだよね」

今のところ、わが家は一年の予定だ。子供たちの学校のことや、夫の仕事のこと、福井にいる父母のこと、いろんなことが頭に浮かぶ。どれくらい気に入れば、それでも延長する気持ちになるのだろう。

四月某日　小中学校の始業式、次男の入学式

どきどきしながら足を踏み入れた小中学校。先生方も、子供たちも、集まった地域の人たちも、みんなにこやかにあたたかく迎え入れてくれた。今年の新入学は、小学校に一名、中学校に次男を含めた三名だ。小さな校舎に、式の準備がされている。新入学の児童・生徒の父母はもちろん、在校生の父母たちも、子供が在校していない人たちも、そもそも子供のいない人たちも、先月ここの中学校を卒業した女の子も来てくれている。みんなで見守ってくれようとしているのだと思う。

これまでに出席したどの入学式よりも、どの始業式よりも胸に響いた。先生方の挨拶も、来賓の祝辞も、あたたかく、よろこびに満ちている。生徒ひとりひとりが大事にされていることがよく伝わってくる。次男は新入学の中学一年生として抱負を述べ、長男は在校生代表としてそれを受ける短いスピーチをした。驚いた。喋れるんだ。人前でこんなに気の利いたスピーチができるんだ。

「ここにいるみんなで、力を合わせて」

長男はスピーチのために前に出ている場所から、会ったばかりのみんなをふりかえった。

「がんばって、いい一年にしましょう。これから始まる一年間が楽しみです」

そうして、にこにことお辞儀をした。

むすめも新小学四年生として今年の目標を述べた。

「みんなと仲よくなりたいです」

一学年が百人近くいる前の学校で言ったらちょっと嘘くさかったかもしれないが、ここでなら現実味がある。小学生は全員で十人だ。もしかしたら、ほんとうにみんなと仲よくなれるかもしれない。

中学生は五人になった。たったひとりだった生徒がこの春に卒業したのと入れ替わりに、小学校から進学する新一年生がふたり。麓の中学に通っていた教頭先生のお嬢さんが新二年生として転入してきて、うちの息子ふたりを合わせ、五人だ。ひとりと五人はずいぶん違う。それにあわせて、なんと先生も三人増となった。学校の様子も、きっと変わるだろう。

四月某日　入学式の後に

いきなり歓送迎会だ。小中学校の全児童・全生徒と、全先生、全保護者、それに地域の人たちが歓送迎会を開いてくれた。今年、新たに加わったのは、学校の先生が三名と、事務の職員が一名。それに、私たち家族五人だ。秘湯と呼ばれる温泉へ、バス二台に分乗していく。

あ、と思った。バスはまずい。普段は乗らないから忘れているけれど、バスには弱いのだ。きゅーっと血圧が下がった。発車して、たぶん五分以内。バスをとめてもらって降りようとすると、学校まで戻ってくれるという。歩きます、と固辞するも、危ないから、と戻ってくれることに。羆《ひぐま》の姿が一瞬脳裏を過《よぎ》る。

子供たちはそのままバスに乗せていってもらって、夫とふたりでハイエースに乗り換えて行く。陽が落ちて、雪が降りはじめ、急なカーブをスピードを落として上る。途中から、舗装されていない山道になる。雪はますます激しくなり、遅れて着いた温泉のあたりは吹雪だった。駐車場の脇に背丈よりも高い雪が残っている。ぬいぐるみのようにかわいいエゾクロテンが走って消えるのを見た。

歓送迎会は濃かった。みんなとても楽しそうに食べて飲む。ここの人たちは、なんというか、みんな、おもしろい。どんどん話しかけてくれる。自分の話もどんどんしてくれる。それが全部おもしろい。聞き入ってしまう。季節の話、食べものの話、牧場の話、山歩きの話。初めて聞く話ばかりなのだ。言葉に力がある。人間には、幅があり、奥行きがあるのだなあとしみじみ思う。

先生たちも元気満々で、曲者ぞろいだ。わざわざ僻地を志願して赴任してくるだけのことはある。田舎の純朴な子供たちを文化的に教育してあげようなんて、そんなことは微塵も考えていないに違いない。まずは自分が楽しもうという気配がありありだ。そうであってほしいし、そうでなくては困る。お互いに、正々堂々と楽しんでいきたい。

たくさんの大人たちと温泉に入った長男がぽつりとつぶやいた。

「自分の身体はこんなに細かったのかと初めて思った」

牧場で働く人たちの身体は力強く、太く、たくましかったのだろう。長男とて運動をしてこなかったわけではない。それなりに背丈もあるし、筋肉もあると思っていたのだ。でも、働く身体は違う。中学の部活で鍛えた十四歳の身体と、労働で培った大人の身体は別物だと気づいたのではないか。それだけでも、ここへ来た甲斐があるというものだ。

四月某日　散歩する

お昼頃まで気温は零度から上がらない日が続く。それでも、家にいるのがもったいなくて、夫婦で歩く。コートを着て、手袋、マフラーをつけて、長靴を履いて歩く。どこを歩いても眺めがいい。空気が凜《りん》と澄んでいる。背筋が伸びるようだ。

隣家のますみさんが声をかけてくれる。羆に会いたくて、引っ越してきて半年間毎日羆の出そうなところを歩きまわったという猛者《もさ》だ。

「探してる間は会えなかったから、心配しなくていいと思うよ」

探さなくなったら会えたということか。心配だ。

「新しい校舎、がっかりしなかった？」

「え？」

「いかにも山の中の古い木造の校舎を想像して来ると、がっかりするんじゃないかと思って。五年前に新しく建て直したから」

でも、風情のある木造校舎だ。

「それまではトイレも汲み取り式だったし、廊下に雪の吹きだまりができたし、携帯はもちろん通じなかったし。なんにもないから、知恵とか工夫とかが大事だったんだよね」

ああ、わかる気がする。知恵とか工夫とか、そういうものを少しでも身につけて生きたいと私も思う。でも、トイレは水洗のほうがやっぱり好きだ。

ちなみに、使えないと聞いていた携帯も現在は使える。ただ、電波が弱くて遅い。何の加減なのか、ときどきはつながらない。それでも、インターネットは光回線どころかＡＤＳＬも来ていなかったので、携帯からつなげて使っている。ますみさんにはネットも邪魔なのかもしれないけれど。

歩きながら、フンについても教わる。これは、エゾシカのフン。こっちは、ウサギのフン。足跡についても教わる。匂いについても教わる。

「ほら、今、獣っぽい匂いがしてるでしょ」

ほんとだ、してる。野生動物の匂い。

「これはキタキツネのおしっこの匂い」

「エゾシカとの違いとか、わかるんですか」

「うん、微妙に違うのがわかるよ。だいじょうぶ、宮下さんもわかるようになるって」

わかるようになった自分を想像するとちょっと楽しい。ふふん。

「このへんは、ほら、フキノトウだとかタランボだとかコゴミだとか、山菜が山ほど採れるしね、ヤマブドウやスモモもたくさん生《な》るよ。うちの娘なんか、お腹が空くとそのへんで山菜採ってきて、自分で天ぷらにして食べてる」

いいなあ。そういうの、憧れるなあ。

「前の教頭先生は、お腹が空くとシカを鉄砲で撃って食べてたよ。羊も飼ってて、犬みたいにリードつけて散歩させてた。太らせて食べるとか言ってたけど、結局どうなったんだろ」

今度の教頭先生は羊は飼っていないようだ。

四月某日　生協殿

生協が週に一度配達に来てくれていることが判明。すばらしい。すばらしすぎる、生協。こんな山の中にまで配達に来てくれるのか。頭が下がる。もう呼び捨てにはできない。生協さんとお呼びしよう。生協さまでもいい。生協殿でもいいくらいだ。

生協殿についてお聞きしようと、地区の集会所を訪ねる。山の交流館「とむら」だ。農協が撤退した後につくられた建物だそうだ。簡易郵便局を兼ね、宿泊用のコテージも三棟ある。生協殿の共同購入もここでやっていると聞いた。

「あら、個配のほうが楽ですよ。共同購入だとここまで来なきゃいけないし、商品も仕分けしなきゃならないし」

簡易郵便局長の清乃さんがにこにこ教えてくれる。

「でも、共同購入のほうが早くみなさんと知りあえるかなぁと思って」

健気な意思表明をすると、彼女はあっけらかんと言った。

「だいじょうぶです、そんな心配いりません。これから嫌っていうほど集まる機会がありますから。それはもう、嫌っていうくらいに」

彼女の一家（旦那さんと、小学生の子供たち三人）は、ちょうど一年前に川崎から山村留学にやってきた。まずは現在私たちが住んでいる長屋に入り、それから半年でここへ移った。たった半年で、郵便局長として、交流館の管理人として、ここに暮らす道を選んだのだ。戻るはずだった川崎の家も売ったという。もう山村留学扱いではない。去年の今頃、彼女も私とまったく同じように山村留学生の母親として、山暮らしの新人としてここに立っていたはずだ。

私は思わず彼女の可憐なすっぴん顔を盗み見る。何が起きたんだろう。たった数か月の間に、ここで、彼女と彼女の家族に起きた何か。それはもしかして、私たち家族に起きないとも限らないものだろうか。

四月某日　夫、面接に行く

「面接って何の？」

聞くと、

「ん？　仕事のだよ」

平然としている。

「これから面接だったの？」

「たぶんだいじょうぶだよ、メールでやりとりした感触はよかったから」

メールか。まだメールだけだったのか。っていうか、就職先、決まってたんじゃなかったのか……。

四月某日　学校

ここの学校は小中併置校で、校舎はひとつだ。小ぢんまりした職員室には、小学校と中学校の先生が仲よく共存している。校長先生と、教頭先生は、小中学校共通だ。養護の先生もひとり。他に、小学校に三人、中学校に四人の先生がいる。事務職の人も、この春の新任だ。

小学校の児童は十人。学級数三。一年生ひとり、二年生二人、三年生がいなくて、四年生が四人。五年生二人、六年生ひとり、だ。複式学級なので、一・二年生は三人で一クラス。たまたま三年生がいないので、四年生は四年生だけで一クラス。五・六年生は三人で一クラスだ。

中学校の生徒は五人。学級数二。一年生が三人、二年生と三年生がひとりずつ。一年生三人で一クラス、二・三年生で一クラス。中学校では、五人にふたりが宮下、つまり四十％が宮下だということになる。

さて、この中に、二月の面接のときに現れて、「エゾシカも歓迎してくれてるんだね」とささやいた天使のような男の子がいるはずだ。しかし、長男も次男もどの子なのかわからないと言う。

「きっと、そのうちにわかるよ」

「いや、知れば知るほど、そんな子はいないって確信が強まるばかりだよ」

なにしろ、候補となる男の子は小中学校合わせて三人しかいない。ひとりはむすめと同じクラスのなおくん。もっと小さい子だった、という。でも、あとのふたりは、二年生のしん・たくコンビ。思いつく限りの悪戯《いたずら》をやってみないと気が済まないらしい、わんぱくでやんちゃでにぎやかなふたりだ。

「あのふたりのどちらかが、天使？」

「……」

謎は深まるばかりだ。

四月某日　学校での役が決まる

長男は生徒会長になった。最上級生がひとりしかいないのだから当然といえば当然だが、福井の友達が聞いたら笑うだろう。彼の余裕とのんきさは相変わらずだ。

「この学校はすごいよ、宿題が出たことがない」

うれしそうに言っていた。やはり山の学校はのんびりしているのだろうか、と思ったが、すぐに間違いだったとわかる。宿題は出ていないのではなく、単に長男がやっていないというだけのことだった。先生に教えられて愕然とした。

次男は議長だそうだ。正確には、書記局議長というらしい。なんだかよくわからないが難しそうな役職である。がんばって務め上げてほしい。

そして、むすめはいきものがかりだ。わざわざそんな役にならなくたって、鹿やら兎やら狐やら狸やら、その辺にたくさん歩いているのだが。幼い頃から彼女はいきもの全般が大好きで、動物も、虫も、植物にも、惜しみなく愛情を注いだ。一時はカブトムシを四十七匹育てていたこともある。しかも、そのすべてを判別し、特徴を把握した上で世話をしていた。満を持してのいきものがかりである。亀のブーちゃんが特にかわいいらしい。毎日水を替え、休み時間には外を散歩させてやるのだそうだ。それってむしろブーちゃんには迷惑ではないか？

四月某日　給食のかつ丼

学校の給食がたいそうおいしいらしい。これまで学校で最も苦痛なのが給食の時間だと公言してきた次男「漆黒の翼」でさえも、ここの給食のあまりのおいしさに感激している。調理師学校の先生をしていた人が校内の給食室で毎日つくってくれるらしい。それを温かいうちにみんなで食べる贅沢！

むすめの報告によると、教頭先生は右利きなのに左手でお箸を使うそうだ。

「そのほうが脳細胞が若返るからだって」

思わず笑ってしまう。私の頃の学校の先生は、左利きの子供を右利きに矯正しようとさえしたものだ。わざわざ子供の前で左手でお箸を使う訓練をするとは、やるもんだなあ。

長男は校長先生の隣で食べることが多いそうだ。校長先生はおもしろすぎて困る、という。

「大きくなれよって、校長先生がかつ丼のごはんだけくれた。ごはんだけ」

それは味のついていないところだったそうだ。

四月某日　今日も散歩

同じ道を歩いても毎日刻々と変化がある。エゾシカの群れを見た日もあれば、フキノトウが一斉に芽吹いているのを見た日もある。めずらしい鳥の鳴き声を聴く日もあった。

「あれはなんていう鳥かなあ」

「なんだろうねえ」

夫とふたり、首を上げて梢に鳥の姿を探す。お互いに知識がないので回答は出ない。

木の陰から黒い鳥がばさばさっと飛び立った。

「今の見た？」

夫が興奮気味に振り返る。

「真っ黒で、羽ばたき方がかっこよかったね。何の鳥だろう」

飛んでいったほうをしばらく見ていた。私は知っている。あれはカラスだ。

四月某日　飽きずに散歩

空気がおいしい。最初に空気を「おいしい」と表現した人の気持ちがよくわかる。空気にはほんとうに味がある。おいしい水と似て、口の中でまろやかで、きめが揃っていて、音符でいうとドレミファソのソみたいな澄んだ味。ここの空気はおいしい。

「あっ」

獣の匂いが混じった。

「これはキタキツネのおしっこだね」

胸を張って言うと、夫がうらやましそうだ。

「だいじょうぶ、すぐにわかるようになるって」

やさしくなぐさめておいた。

それにしても、毎日雪道を散歩していたら、一足しかないタイツの親指のところに大きな穴が開いてしまった。それでも穿く。穿かないと凍える。薬指と小指にはしもやけができた。もう四月も終わるというのに。

今度町へ下りたら、あったかいタイツを買おう。

五月

桜の蕾はまだ堅いまま

ゴールデンウィークには雪が積もった。麓の屈足温泉の露天風呂に浸かって、どんどん降ってくる雪を見ていたら、「ああ、もうすぐクリスマスだな」と思った。違う。五月だ。脳が完全に騙されている。受け取った情報を素直に解析した結果、この冷え込みは、この積雪は、カチャカチャカチャ、チーン、クリスマス！　と導き出されたんだろう。錯覚ってすごいなあ。脳の正直な反応なんだなあ。

温泉からの帰り、ハイエースで山を登りながら空の明るさに目を瞠《みは》る。星がすごすぎて、目がつぶれそう。気持ちが悪いくらいびっしりと星が出ていた。

五月某日　寒い日が続く

五月だというのに夜には氷点下まで気温が下がる。お風呂上がりにのんきにしていると、あっという間に身体が冷える。ドライヤーで髪を乾かしているときにちょうど息子たちがそばへ来たので、彼らの髪もついでに乾かしてやった。普段ブローなどしない彼らのヘアスタイルがやけにびしっと決まって爽快。明日は学校で称賛を浴びるがよい、と思っていると、まもなくいつものもさもさに戻っていた。兄たちの髪型を見た妹が、「よし子」と指摘したのだそうだ。

「よし子みたいって言うから」

「よし子はいやだから」

それでせっかくの髪をもさもさに戻したのか。よし子って誰だ。むすめの中に「よし子」の具体的なイメージがあるらしい。よし子は「髪がぴちっとしてて、いつもほっぺたが落ちそうな感じ」なのだそうだ。よし子さんに失礼だと思う。

五月某日　中学生の制服

こちらでは小学校はもちろん中学校にも制服がない。それぞれが適当なジャージの上下を着て登校する。福井の中学は詰襟の学生服だったし、ジャージを着る習慣もなかったから、最初は戸惑った。しかし、人ってすごい。というか、単にうちの息子たちがすごいのか。完璧に慣れてしまっている。彼らはつねにジャージを着ている。もはやジャージ以外に何を着たらいいのかわからないという。ひと月前まで普通に穿いていたジーンズとあっさり訣別してしまった。

「ジーンズって、なんか攻めてる感じがする」

「そうそう、どうだ俺の足かっこいいだろう？　みたいなね」

誰もそんなことは思っていない。君たち兄弟だけだ。この子たちはきっと十年後もジャージでうろうろしているんだろう。その姿が目に見えるようで、おかあさんはなんだかがっくりきました。

五月某日　家庭訪問

子供たち三人それぞれの担任の先生が家に来る。

福井にいた頃は、玄関までしか入らないのがお約束だった。受け持ちの生徒数が多いから、上がって話していくと時間がかかりすぎてしまうのだろう。ここでは幸いその心配はない。

むすめの担任は、若くて小さくてかわいいシホ先生。きゃっきゃっと楽しそうにたくさん笑って帰っていった。長男の担任も、若くてきれいなタナカ先生。以前は帯広の大きな中学校にいたが、この春、産休明けに復帰したのがここの学校だという。次男の担任はイズミノ先生。数学とバドミントンの出来る先生、という募集でここへ来たそうだ。イズミノ先生も二十代だが、ここでは一番の古株になる。

「よく、数学の出来ない先生じゃないと、数学の出来ない子の気持ちはわからない、なんて言われますが、だったら僕は数学の出来る子の気持ちがわかるはず、と思って息子さんを見ています」

きっぱりと言ってくれた。

「男同士のくだらないばか話なんかができるよう、休み時間もなるべく教室にいるようにしています」

若いのに、心強い。

「先生には先生という使命があっていいですね」

などと、わけのわからないことを口走ってしまった私を、

「宮下さんには、あの子たちのお母さんという大きな使命があるじゃないですか。あの子たちをここへ連れてきただけでも、お母さんとして素晴らしい仕事をしたと僕は思います」

訥々《とつとつ》と励ましてくれた。

五月某日　日本の人口

「ママ、日本の人口、知ってる？」

むすめに聞かれ、一億二千万人と答える。私がむすめくらいの頃から変わらない数字だ。

「正解！　一億二千七百七十九万九千人」

どうやら算数の「大きな数」の資料を読んでいるらしい。

「でも、うちの家族五人が抜けちゃったから、一億二千七百七十九万八千九百九十五人だね」

抜けたつもりはなかった。知らない間に、うちは日本から離脱してしまっていたらしい。

五月某日　お城

四年生学級が、図工の時間に、紙粘土で「夢のお城」をつくった。四人分で四つ、力作が展示してあるのを見る。ディズニーみたいなかわいいお城の隣に、なぜか眼鏡をかけて鼻を指で押さえ、しっぽのついたお城が。むすめ、何を考えている。

五月某日　夫、町まで働きに行く

四月の末から週に二日、夫は山を下りて働きに行くようになった。とりあえず、週に二日という事実に懸念を表明したのは次男「漆黒の翼」だ。

「将来はできれば大学へも行きたいと思ってるんだけど」

「ほう」

「週に二日で、経済的にだいじょうぶなんでしょうか」

よくぞ言った。実は私もそう思っていた。だいじょうぶなんでしょうか。

「だいじょうぶだいじょうぶ、今にママの本が売れるからね」

今っていつだよ。売れねーよ。

五月某日　本屋さん

山を下りて町まで出ると、一軒だけ本屋さんがある。文房具屋さんと酒屋さんも兼ねた、小さな本屋さんだ。雑誌が主で、背の低い文庫の棚がひとつ。単行本は、一冊しか置いてなかった。本屋大賞をとった本だ。いつかこの本屋さんに私の本が置いてあったらうれしいだろうなあとしみじみ妄想する。しみじみと無理だと思う。

五月某日　夏の登山について

ここの小中学生は全員グリーンクラブという少年団に属している。ボーイスカウト、ガールスカウトみたいな制服を着て、森の中でいろんな活動をするクラブだ。ハイキングやキャンプをしたり、スキーやワカサギ釣りに行ったり。学校ではできないことをしよう、という理念がとっても楽しそうだ。

夏には山に登るという。何年か前に大きめの遭難事故があって、ガイドを含め多くの人が亡くなった現場だ。

「険しい登山なんだろうね」

両隣のますみさんと純子さんと話す。山に慣れていないうちの子供たちは無事に登れるんだろうか。

「だいじょうぶ、中学生男子なんかはぜんぜん平気」

「大人のほうがつらいかもね」

「えっ、大人も一緒に行くの？」

聞くと、

「うん、希望者だけ。荷物を分担して持つから大変だけどね」

日頃から鍛えていれば登れるということか。ところが、ますみさんも純子さんも登ったのだという。彼女たちは私と同じ、山村留学生の母で、四十代である。

「景色が最高にいいんだよね」

「絶景だね。花もきれいだし、夜は星もすごいし」

「うんうん、ちょっとあれは登らないと見られない景色だよね」

急に登ってみたい気持ちがむくむく湧き起こる。

「大変？」

　おそるおそる聞くと、

「日帰りだと大変だけど、山頂で一泊するからそれほどでもないよ」

　気持ちがまたむくっと大きくなる。

「一昨年だっけ、森林事務所の所長さんが同行したんだけど、途中で膝を痛めて、あれは大変だったかな」

「弱いところに来るよね、私は腰に来た」

「三月くらいからトレーニング始めてる人も多いよ。走り込んだり、荷物背負って歩いたり」

　ちょ、ちょっと待って。三月から？　トレーニング？

「テントを分担して持つから、大人は荷物が二十キロくらいになるんだよね」

「でも、小学生も一緒だからゆっくり登るのよ、安心して。六時間かけて登って、翌日また六時間かけて下ってくるペース」

「尾根も広めで、命にかかわるような滑落の心配はないしね」

「登山のコースとしては上級者向けだけど、ベテランがついていってくれるから」

いいやべつに。

空も、星も、高山植物も、見たこともない絶景も、いいもんべつに。

ふんふふんふーん。鼻歌など歌って、それ以上は山の話を聞かないことにする。

五月某日　鳥たち

台所の流しの前に大きな窓があって、私はいつもそこでごはんをつくったり洗いものをしたりしながら外の景色を眺めている。窓の外の胡桃《くるみ》の木はまだ裸だ。そこに、エゾシカが来る。エゾリスも来る。さまざまな鳥たちも来る。

「きれいな鳥が来てる！」

むすめが歓声を上げる。兄たちも寄ってきた。

むすめ「赤い！」

長男「白い！」

次男「黒い！」

どんな鳥だよ！　と思って見ると、たしかに、頭が赤くて、胸が白くて、背と尾が黒かった。枝をぴょんぴょんはねて、すいっと幹に跳びうつり、そのまま幹をつつきはじめた。

「キツツキだ！」

その場にいた誰も本物のキツツキなど見たことがなかったのに、全員がひと目でキツツキだとわかってしまうことにあらためて驚く。意外にメジャーな鳥、キツツキ。

夫は、カラスをめずらしい黒鳥だと感嘆して妻に笑われて以来、鳥に関して慎重だ。

「見て、あの鳥」

「どれ？」

「ほら、羽がちょっと緑色っぽい気もするけど、でも、スズメだよね……ちょっと大きい気もするけど……たぶんスズメだよね……」

双眼鏡で確認すると、明らかに緑《みどり》い。緑いよ、夫。あれはたぶんツグミだ。

「あっ、あれは……ハトかな……ちょっと色鮮やかにも見えるけど、きっとハトなんだよね……」

ここにハトがいるほうがむしろ不自然だろう。あれはぜんぜんハトじゃない。カケスだ。夫はもう少しだけ自信を持ってもいいと思う。

五月某日　進学先

「北海道の高校も考えてみよっかな」

いきなり長男が言うのでびっくりした。

長男は中三だ。進路希望調査で、福井の高校を受験すると答えたらしい。ここには高校がない。子供たちは中学を卒業するとみんな親元を離れてそれぞれの道へ進む。つまり、長男が北海道で高校に行くということは、ここを離れるということだ。こちらでの進学を考えるほどここを気に入っても、進学するためには離れなければならないというジレンマ。あれっ、ジレンマでいいんだっけ。急に不安になる。ジレンマ、ジレンマ。繰り返すうちに意味がますますわからなくなってきた。昔、そういう俳優さんがいなかったっけ。ジレンマじゃなくてジェンマだったか。鈴木ジエンマ。それはバイクの名前か。

さて、次なる問題は、北海道と福井では公立校受験のやり方がかなり違うことだ。簡単にいうと、福井は一発勝負タイプだ。内申書はほとんど見ず、本番の入試一度で合否が決まる。北海道の入試は、内申の比重が高い。内申点にランクがつけられ、そのランクで受験できる高校が決まる。つまり、一度の試験だけで判断しない。日頃からこつこつまじめに学校生活を送っている生徒が報われる。それはとても心強いことだと思う。たぶん次男には向いている。そして、長男には向いていない。

長男は、なんというか、あれだ。あれなのだ。親が言うのもなんだが、幼稚園児の頃すでに親の私より頭がよかった。福井の中学に通っていた頃、彼は一切勉強をしなかったけれども点数は取れた。百五十人いた学年で、二年間ずっと順位は一ケタだった。何度か学年一位も取っている。自慢ではない。ほめたこともない。なぜなら、彼が努力をして得た結果ではないことを親の私が一番よく知っているからだ。

でも、彼の試験の点数しか知らなかった私は、通知表を初めて見たとき頭がクラクラした。何かの間違いだろうと思ったくらいだ。宿題もやらないし、提出物も出さない。この成績をつけてくれただけでも良心的だと思うよ、と本人に無邪気な笑顔で言われたときには開いた口がふさがらなかった。

いくら長男でも、内申書重視の北海道の高校へ進学するかもしれないと考えていたら、もう少しなんとかしただろうと思う。いや、なんとかしようがないのが彼なのか。ともかく、あの内申点でここで受験をするのは相当無謀だ。

しかし、長男は、十勝管内一番の進学校の名前を挙げた。

「あの高校には特別枠があって、入試で一位から二十位までは内申見ないんだって。通知表がオール1でも入れるんだって」

全十勝で二十位以内。うーん、その説明で受験する気になれる長男は、やっぱりある意味すごいと思う。

五月某日　部活のこと

長男は、前の中学ではバドミントン部だった。勉強をしない彼は、バドミントンをするために中学へ通っていたと言っても過言ではない。だから、こちらへ来る際のたったひとつの懸案事項は、バドミントンができるかどうかだった。部活はあきらめていた。なにしろ、この人数だ。

それなのに、中学校に確認したら、部活がひとつだけあった。バドミントン部だった。それが決め手だったとも言える。

長男は俄然張り切って、部活に励んでいる。五人いれば団体戦にも出られるかも、と言う。長男はバドミントンは好きだが、特に強いわけではない。個人戦にしか出られないと、一試合で終わってしまう可能性も高い。

団体戦はシングル一組とダブルス二組の組み合わせだ。たいてい、シングルスにいちばん強い選手をあてる。

「ここは敢えて『翼』をシングルスに持っていって」

先月から始めたばかりのまったくの初心者の弟を捨て駒としてシングルスに割り振る非道な作戦だ。普段の長男はのんびりしすぎて心配なくらいなのに、勝負事になると豹変するのがおかしい。

しかし、十勝はバドミントンのレベルがかなり高いことが判明。誰をどこに持っていっても全敗する可能性も出てきた。もとより、男女混合の団体戦など存在していないことに気づいたらしい。そりゃそうだよ。

五月某日　ソフトボール

トムラウシ町内会でソフトボールチームをつくっている。入団テストがあるというので、夫がいそいそと出かけていった。いや、集合は五時半と聞いてはいたが、まさか朝の五時半だとは思わなかった。

帰ってきた夫は、開口一番、

「校長先生がものすごくうまかった」

感激している様子だ。朝の五時半から校長先生もソフトボールをしているのか。

「カンノ先生もジュードー先生も事務のユウキさんも来てたよ。うまかった」

ユウキさんは麓からさらに遠い町から通っているはずだ。通勤に一時間はかかるだろう。平日の朝四時半に出てソフトボール。どっかおかしい（ほめ言葉）。

夫は六時五十分には仕事に出かけていった。入団テストに受かったかどうかは聞きそびれてしまった。

五月某日　むすめの病

むすめには病がある。犬を飼いたい病である。福井にいた頃から時々発症していたが、この頃は深刻だ。犬が飼いたくて飼いたくて夢にまで見るという。

「ブーちゃんみたいな犬だった。かわいかったなあ」

ブーちゃんというのは、たしか四年生のクラスで飼っている亀だったはずだ。

五月某日　むすめの病が悪化

むすめの犬を飼いたい病が日に日にひどくなっていく。人の家の犬を自分の飼い犬に見立てて妄想している。犬の名前は「ワンさぶ子」だ。どうしてそんな変な名前なのかは知らない。兄たちも一緒になって、ワンさぶ子にお手を教えたり、おすわりを教えたりしている（妄想）。なんだか少しヤヴァい感じ。

五月某日　三度

本州ではすでに真夏日もあったらしい。ここ、トムラウシの昼間の気温は三度。

五月某日　観桜会

小中学校の校庭で、町内会の観桜会が開かれた。晴れて気温も上がり、絶好のお花見日和だ。ただし、桜が咲いていればの話だけど。本州では二か月近く前にすでに散っているというのに、こちらの桜の蕾はまだ堅いままだ。

校庭で、みんなで肉を焼いて食べる。町内会長の関谷さんがめずらしいジャージー牛の牧場をやっていて、貴重な肉牛を提供してくださった。肩ロースの塊を炭火で焼いて、レアなまま切り分けて食べる。異常においしい。これなら桜が咲いていようがいまいがまったく関係がない。子供たちは上級生も下級生も入り交じって思い思いに遊んでいる。気づけば、長男の膝にも次男の膝にも小さな子供たちがすわっている。保育園のちびちゃんたちも負けじと背中によじ登ってじゃれている。こんな光景、これまで見たことがなかったと思う。

五月某日　ヨモギパン

家でごはんを食べる回数が格段に増えた。以前は、仕事が忙しいときなどは外に食べに行ってしまうこともよくあった。ここでは外食しようにも店がない。山を下りて、食べて、また上ってくると、軽く二時間半はかかるだろう。

台所の窓からの眺めがいいことも関係していると思う。毎日気分よく台所に立てる。町内会の婦人部で、エゾシカの肉まんをつくった体験も影響しているかもしれない。食に対する気持ちが少し変わった。エゾシカを撃つ。血抜きをして、解体する。その肉を挽く。おまんじゅうの生地をこねて、タネを包んで蒸して。その最中によみがえった感覚があったのだ。

結婚前の話だ。沖縄の八重山にある島に私はしばらく滞在していた。そこでは、自生している木の葉っぱを適当に刈り、盥《たらい》でじゃぶじゃぶ洗って適当に乾かし、適当に煮出してお茶として飲んでいた。あまつさえ商品化もしていた。

食べること、つくることに対する根本的な概念があれで変わった。楽しかった。いいんだ。自由につくって、自由に食べたり飲んだりすればいいんだ。あのときの解放感を思い出した。今、生協殿はなんでも届けてくれるけれど、おいしいパンだけはなかなか手に入らない。それならつくってみようと思ったのだ。

たぶん、適当にこねて、適当に発酵させて、適当に焼けば、適当においしくできるはずだ。そうだ、家の前に生えているヨモギを摘んで、ヨモギパンを焼こう。思いついてヨモギを採りに外へ出たところで隣のますみさんとばったり会った。

「宮下さん、それ、さわっちゃだめ」

「えっ」

そうは見えないが、誰かが育てているものだったんだろうか。

「それ、トリカブトだから」

うそっ、トリカブト？　ヨモギにそっくりだ。

「よく見て。ヨモギは葉の裏側が白いから。トリカブトは両面とも緑でしょ」

たしかに。驚きながらも妙に興奮した。

「まあ、大量に食べなきゃだいじょうぶだとは思うけど。毒があるのは根っこだし」

教えてもらって、ちょっと安心する。子供たちにも教えておかねばと家に戻って植物図鑑で調べると、トリカブトの猛毒は根にも葉にも茎にもあって、少量で死に至ると書いてあった。いつでも死ねそうだ。とりあえず、さわらなくてよかった。

五月某日　走ってみる

登山のことはもう忘れよう。そう思ったのに、頭から離れない。忘れられない。よくばりなのだ。咲き乱れるという花を、雲海を、絶景と言われる景色を、この目で見たい。

登るには体力が足りないことは、よくよく自覚している。とりあえず走って体力をつけよう。そう思ったのだが。

走れない。二百メートルくらいで力尽きた。

だめじゃない？　だめだ。明らかに、だめ。力、なさすぎ。自分を二百メートル走らせることもできない。往復二キロほどの眺めのいい散歩道を、脇腹を押さえながらだらだら歩く。こんなにも身体が動かない。怠慢というより傲慢みたいなもののせいだと思った。自分の身体だからどう使ってもいいという傲慢。

五月某日　息子たちは走る

息子たちが、走っている。登山に向けての彼らなりの準備かもしれないし、あまりにも環境がいいから自然に走りたくなっただけかもしれない。こちらへ来てすぐに町内会の大人たちと温泉に入った。そのせいもあると思う。見かけの美しさに依《よ》らない、使うための筋肉、働くための身体を間近で見て圧倒されていた。

昔、もう四半世紀も前に、ザ・ブルーハーツがやさしく歌っていた。「ちからコブもつくれない　あなたのちからでは　プロレスラーも倒せない　世界平和　守れない」。真実だ。二百メートルも走れない私の力ではどこかへ駆けつけることもできない。大事な人ひとり守れない。

力さえ強ければいいわけじゃない。それはもちろんそうだ。だけど、頭でっかちになりがちな若者（当時の私や、現在の息子たち）にブルーハーツが問うている。力こぶはどうやってつくる？

どんな力で力こぶをつくればいいのか。たとえ腕力や体力がなくても、他のことでがんばればいい。そう言ってしまうのも少し違う気がする。がんばればいいのか。がんばっただけじゃだめなんじゃないのか。腕力のある人ばかりが認められる社会はつらいけれど、頭のいい人ばかりがほめられる社会もおかしい。得意な力を出しあって社会をまわしていければそれが一番いい。だけど、じゃあ特に得意なものもない人はどうすればいいんだ。心か。心がやさしければいいのか。うーん。いい、と言いたい気もするし、問題なのはそこではないという気もする。だって、心さえやさしければあとはどうでもいい、なんてことはないだろう。だいたい、心がやさしくない人はどうすればいいんだろう。頭がよくなくても力が強くなくてもがんばれなくても心がやさしくなくても、いい。そう言いたいし、言ってもらいたい。だけど言い切れないから、せめて走ってみようと思う。

五月某日　ばれる

校長先生にこの連載がばれた。町の本屋さんでたまたま見つけたとおっしゃる。先月号を思い出してどきどきした。何かまずいこと書いてなかったか（あった）。「漆黒の翼」も本人にばれ、やめてほしいと言われてしまう。どんな仮名ならいいのかとあらためて聞いたら、

「英国紳士」

「えっ」

というわけで、次男は来月から宮下英国紳士です。よろしくお願いいたします。

六月

山が生きている

何かおかしなことが起きている感じがした。

越してきたときには凍っていた湖が、先月、一週間ばかり目を離した隙に、完全に溶けて水になっていた。湖が水になる、という表現はおかしいのかもしれない。しかし、他に言いようがない。ここでは、湖が水でできているわけではないのだ。まるで別の場所、別の季節、別の世界のような……そう、油断をしていると、別の世界に連れていかれるような怖れを感じた。

一週間が五日に、五日が三日に、変容はどんどん加速していく。裸だった樹の枝の、先のほうだけが妙にぽやぽや薄明るいように見えたかと思うと、それから三日でつやつやした若葉が開いている。若葉が開くのは、一本の木だけのことではない。山ぜんたいの、何十万、何百万本の木が一斉に若葉を開かせるのだ。山が生きているのを実感する。

六月某日　拍車

六月に入ると、三日は二日になり、二日が一日になり、一日のうちでも雨の前と後とでは世界が変わっている。禿《は》げていた河原が緑の渓谷になる。鋭角だった崖が緑で覆われて丸くなる。生きている。生き急いでいる。六月だというのに、蟬が鳴きはじめる。エゾハルゼミ、春の蟬だという。気温は二十度に満たないのに、山じゅうで蟬が鳴いていて混乱する。本州では真夏日も出はじめている。今朝の気温は十五度。でも、蟬が鳴いている。

六月某日　こなきじじい

春先にかわいいフキノトウをいくつ摘んだだろう。道端にぴょこぴょこ生えてくるのをうれしがって摘んでは天ぷらにしていたら、もう見るのもいやになった。目を背けているうちに、今や立派な蕗《ふき》に育ち、大きな葉っぱをわがもの顔で広げている。よく、コロポックルが蕗を傘に雨をしのいでいる絵を見かけるが、もしもあれがほんとうなら、コロポックルは相当な大きさでないと縮尺が合わない。背丈からいうと、蕗の葉の下にいるのは、こなきじじいくらいが妥当だと思う。

六月某日　山の記憶

川のそばに古びた住居表示板を見つける。地図によれば、今「とむら」のある辺りにガソリンスタンドと農協があったらしい。そういえば、噂には聞いたことがあった。昔のトムラウシは人も多くて、いくつかの店の中にはスナックまであったのだそうだ。昭和三十七年の十勝岳の噴火で、多くの住民が離農し、山を下りた。にぎやかだった頃のことを思うと、不思議な気持ちになる。きっとこの道を何人もの人が歩いていた。笑ったり、泣いたりしながら、ここを通ったのだ。でも、今はその面影はない。こうして私が散歩していることも、この山はきっと覚えていないだろう。

六月某日　友達

むすめの学年は、学校中で一番人数が多い。むすめ以外に児童が三人もいる。そのうちのひとりの女の子は、始業式の日からいきなり「遊ぼう！」と家まで誘いに来てくれた。一年前に都会からここへ越してきた子だ。むすめはとてもうれしそうだった。

しかし、女の子はもうひとりいる。私は少し心配をした。今まで二人だったところに突然ひとり増えるのだ。バランスは崩れる。できれば、もうひとりの子とも仲よくしてほしい。男の子にもさびしい思いをさせたくない。もちろん、そんなのは親の勝手な願いであり、余計な気遣いというものだろう。聞けば、もうひとりの女の子は、むすめの隣の席なのに、むすめを飛び越して別の子とばかり話しているそうだ。胸がきゅっとなった。

むすめに直接話しかけてこない子は、生まれたときからここで暮らしている牧場の子だった。友達になってもどうせ帰っちゃうんでしょう。そう思わないわけがないと思った。両手を広げて「友達になろう！」なんて、言えないに決まっている。

申し訳ないことをしているのではないか、という気持ちが、私の中にはっきりと芽生えた瞬間だった。私たち家族は、勝手にやってきて、いつか勝手に去っていく。ずっとここにいる人たちの好意で受け入れてもらっているだけなのだ。

ここは何かと行事が多い。学校で、町内会で、保護者同士もしょっちゅう顔を合わせる。むすめの同級生のお父さんであり、今年のＰＴＡ会長でもある幸太さんに会ったときに、ちょっとそんなことを漏らしたら、にっこり笑って、「ぜんぜん問題ないです」と言った。「あの子の人生です」とも言った。途端に、目の前がぱっと明るくなった気がした。そうかも、と思ったのだ。勝手に来て、勝手に去っていく。はじめからそれだけの存在なのだ。気にしすぎてもしかたがないのかもしれない。

六月某日　ハイキング

トムラウシ少年グリーンクラブのハイキングに参加。集落の人たちがほとんど参加する年中行事だそうだ。

歩きながらたくさん山菜を採る。最初はコゴミとヨモギくらいしかわからなかったが、教えてもらって見分けがつくようになっていく。アイヌネギ、ミツバ、タラノメ、ブドウノメ。それらを十勝川の川原で洗って天ぷらに。どうどうと流れる大きな川、水色に澄んだ空、向こうに白く聳《そび》える山、子供たちが楽しそうにはしゃぐ笑い声。

以前、銀座の割烹で板前をやっていた、前「とむら」管理人の〝組長〟が、どんどん揚げてくれる。おいしい空気の中で、採れたての山菜を、プロが揚げるそばから食べる。とんでもなくおいしいハイキングだった。

帰り道、風景が変わっている。今まで道端の緑としか認識していなかった塊が急に自己主張を始める。ヤマブドウだよ！　イタドリだよ！　こういうことって、ときどきある。たとえばオーボエの音色を知ったら、これまで聞いてきた交響曲から不意にオーボエの旋律が際立って聞こえて、その曲が新たな顔を持ちはじめるようなこと。知らなかった言葉の意味に触れたら、文章の深さがこれまでとは違って響くようなこと。

六月某日　忘れもの

ハイキングの後、川原にパーカーの忘れものがあった。誰のだろう？　と話していたら、五年生のまりあちゃんが、

「ちょっと貸してみて」

パーカーを手に取ると、迷いなく鼻を押しあてた。くんくん。

「たくやのだ！」

えっ、ほんとう？　みんなが笑って見守る中、まりあちゃんが二年生のたくやくんを呼ぶ。

「あっ、これ僕の」

まりあちゃんは得意そうに胸を張った。

「だって、たくやの匂いだもん」

おそるべし、まりあちゃんの鼻。

六月某日　運動会

年に一度の小中学校合同運動会。この日のために、学校では何日も前から運動会

特別時間割が組まれ、準備を重ねてきた。そもそも小学生が十人、中学生が五人の学校だ。出ずっぱりである。親も走るし、先生も走る、町内総出の手づくり感満載で楽しい楽しい。

子供たちの障害物競走は、そこまでやるか！　という障害物だらけで、もしも町の小中学校でやったらクレームが来るに違いないレベルだ。ぐるぐるバット（バットを軸に目を瞑《つむ》ってぐるぐる十回転する）の直後に平均台とか、いやあ、落ちるよね普通。小麦粉の海にマシュマロを深く深く埋めたら、むせて掘り出せないよね普通。

大人リレーの本気度も尋常じゃなかった。校長先生、教頭先生をはじめとする先生たちの足が揃って異様に速い。どう考えても一般的な成人のレベルじゃない。長男の五十メートル走のタイムは六秒六だが、そんなのぜんぜん目じゃない感じだ。短距離走のタイムがこの学校の重要な採用基準だと確信する。

ああ、熱くなった。楽しかった。閉会式で、生徒会長が挨拶をした。

「僕は今まで、本気を出すことを恥ずかしがったり怖がったりしてきました。でも、ここトムラウシで、今日も本気の大人たちをたくさん見ました。大人の本気ってかっこいいです」

拍手が起こる。息子ながら、なかなかいい挨拶だった。

運動会の後、みんなで後片づけをして、校庭でビールで乾杯。さらに夕方から学校の隣にある校長先生のお宅で宴会になる。単身赴任をしている校長先生の奥さんが駆けつけて昨日から準備してくださったという。しかし、平屋の職員住宅だ。先生と子供たちはもちろん、保護者も町内の人たちも全員で集まる。入り切れるのかと心配していたら、部屋の戸をすべて外してあった。その戸はビールケースの上に平らに置かれて即席のテーブルに変身している。戸板ってこんなふうにも使えるんだなぁ。

運動会のビデオを流して、笑ったり、悔しがったり。子供たちも交えた宴会は五時間余り続いてお開きになった。

六月某日　登山のこと

夏のトムラウシ登山は、五年生以上が対象の行事だ。ただし、保護者が付き添えば四年生から参加することができる。むすめは残念ながら四年生。私か夫が付き添えなければ、あきらめざるを得ない。

あきらめたくない。登らせてやりたい。私自身も、登りたい。こう見えて、東京の大学に通っていた頃、体育会に所属していた。トレーニングのために四谷の土手から迎賓館のまわりをよく走ったものだ。どちらかといえば速いほうだったと思う。おぼろげな自信は、しかし今や粉々になりかけている。つい先日まで大学生だったような気がしていたのに、それさえも気のせいだったらしい。少しずつ伸ばすはずだった走れる距離がほとんど伸びない。心臓が高鳴るばかりだ。

六月某日　あかんコンビ

講演の依頼が、実はときどき来る。わざわざ宮下を選んで語らせてくださろうとするお気持ちは大変に光栄でありがたいが、これまですべて丁重にお断りしてきた。無理だからだ。宮下には書きたいことはあっても、話したいことはない。

ところが今回はちょっと変わった依頼だった。札幌在住のエッセイスト北大路公子さんとふたりで、というのである。北大路さんは、三月の熱海箱根温泉旅行（われわれはそれをポロリツアーと名づけてたいそう楽しみにしていたが、結局私だけが体調不良で行けなかったのだ）の五人のメンバーの中のひとりだ。でも、実は面識はない。どうしてこのふたりの組み合わせを思いついたのだろう。

私ひとりだったらもちろん今回もお断りしていたが、名指しの相手がいることだし一応彼女に意向を聞いてみることにした。ふたりでなら、もしかすると何か話せるかもしれない。話せないかもしれない。でもやっぱり話せるかもしれない。いや話せないかもしれない。

「どうしましょう」と尋ねると、「うーん、どうしましょうねえ」と返答が来る。やりたくない、というのがお互いの基本路線だが、自分からは言いたくない。それに、ふたりでならちょっと考えてみてもいいかも、という空気も漂っている。決して乗り気ではないが、絶対に嫌というわけでもない感じである。

「どうしよう」

「うーん、どうしよう」

ぐずぐずと「どうしよう」だけのやりとりを続けて一週間。ポロリツアーが無事に遂行できたのは、今さらながら小田原の椰月さんと東北のシマさんのおかげだったと思う。彼女たちがさくさく話を進めてくれなかったら、私たちは今も「どうしよう」「どうしようか」で温泉には入れていなかったに違いない。いや、私は結局は入れなかったんだけども。

六月某日　ワンさぶ子、順調に育つ

ワンさぶ子は子供たちが飼っている妄想上の犬だ。かわいくて、賢い。実在しないことが悔やまれるほどだ。次男「英国紳士」は礼儀正しいので、いくら動物に対してであれ、「すわれ」「おすわり」などと命令するのがどうも性に合わないらしい。

「シッダンプリーズ？」

犬にお願いするのはどうかと思うが、それが英国紳士なのだ。そんな兄を横目に、むすめはむすめなりの言葉でワンさぶ子を躾《しつ》けている。「ウィッピー（おすわり）」とか「ピィーヤッ（おて）」とか「ウィッシュピー（醬油取って）」とか、ひと味違う感じだ。日本語ではないが、外国語でもない。やたらとピーが多い。そもそもなぜ犬に醬油を取ってと頼むのだろう。そして、たかが「おて」に感情をたっぷり込めて「ピィーヤッ！」と叫ばなければならないのはどう考えても不合理だ。ピィーヤッ、ピィーヤッ、と叫ぶ声を傍《そば》で聞いていると、ワンさぶ子というより小島よしおがいるみたいだ。

六月某日　社会見学

子供たちの小学校に、町の小学生たちが訪れたそうだ。交流授業ではなく、社会見学だという。いったい何を見て、どんな感想を持っただろう。自分の子供たちが社会見学される側にいるということが、落ち着かない感じだ。

「だいじょうぶ、ちゃんとここの子らしくしてたよ！」

むすめが意気揚々と報告してくれる。ここの子、ってどんな子だろう。

「あのね、恥ずかしくない子みたいにしてたの」

むすめはとても恥ずかしがりなのだ。町の子供たちは、ここの子供たちが、恥ずかしかったり、やさしかったり、強かったり、きれいだったりするところに気づいてくれただろうか。もちろん、まぬけだったり、弱かったり、汚かったりもする。そうそう、意外と虫が嫌いだったりもする。バッタが怖い子が何人もいて、ちょっとびっくりした。私も虫が好きなわけではないけれど、バッタくらいならだいじょうぶだ。かわいいなぁと思って、虫が怖いという子に話を聞いてみたら、バッタが大量発生する年があることを教えてくれた。空がバッタの大群で黒くなってしまうという。作物も荒らされ、甚大な被害を受ける。山の子なのにバッタが怖いなんて、と思った自分のなんと浅はかなこと。せっかくなら、町の子にバッタの話をしてあげたい。さっと見ただけじゃわからないことって、たくさんある。

六月某日　土砂降り

むすめが「ダジャレ言うよー」とにこにこしている。

「あのね、雨が土砂降りになってきたどしゃ」

そんなんでいいのか。そんならママだっていくらでも言える。いくらでも言えるどしゃ。

六月某日　戦慄

なおくん走ってるんだよ、とむすめがいう。なおくんというのはお人形のように可愛い顔をした、むすめの同級生の九歳男子だ。

「ランドセル背負って家から学校まで走ってくるんだよ。おかあさんも一緒だよ」

耳を疑う。なおくんの家は学校から八キロ離れた牧場だ。妹のるいちゃん（一年生）とふたりで車で登下校していたのではなかったか。

「おかあさんも一緒って……？」

むすめによれば、おかあさんはるいちゃんのランドセルを背負って走ってくるらしい。そ、そこまでするのか。しなければならないのか。戦慄の登山トレーニング。

六月某日　通学用リュックその1

長男の通学用リュックが重い。居間に置きっぱなしだったのをどけようとしたが、微動だにしない。あらためて両手で持ち上げると、かろうじて持ち上がった。彼はこれを背負って毎日登下校しているのか。ピンと来た。彼なりの、登山のためのトレーニングだ。最上級生の彼はきっと、みんなの分の荷物を——たとえば食料や、飲料水や、もしかしたらテントなども——運ぶことになるだろう。毎日この重いリュックを背負って登下校することで、少しでも慣れておこうとしているに違いない。

「やるじゃん」

声をかけたら、不思議そうな顔をした。

「毎日全教科の教科書とノートを持ち運んでるんだよ」

それだけか？　鉄アレイとか入れてるんじゃないのか。

「登山に備えてるんだよね？」

「ううん、時間割揃えるのがめんどくさいから学用品全部詰め込んでるだけ」

ほんとうか。だとしたら、必要なものだけを持っていくほうがはるかに楽ではないのか。

「なんで？　こうすれば忘れ物しないし、効率的だよ」

効率という言葉の使い方を間違っているような気がする。

六月某日　通学用リュックその2

朝から英国紳士が通学用リュックを探しまわっている。その時点でまず驚いた。福井での小学生時代、彼は毎日きちんと宿題をし、時間割を揃え、鉛筆を削り、ランドセルを準備してから寝る日課を欠かしたことはなかった。

「おかしいなあ、どこだろう」

家じゅうを探している彼の隣で、長男が、

「昨日、学校から持って帰らなかったんじゃない？」

まさかと思ったが、あ、そうかも、と英国紳士が顔を上げた。手ぶらで登校していくのが長男ではなく次男であることに軽い衝撃を覚える。

六月某日　歌を歌う

むすめが突然ひとりでトイレに行けなくなった。ちょっとした物音にもおびえ、家の中なのにきょろきょろしている。

「ママ、この家の台所にお札が貼ってあるって、ほんと？」

おどおどと聞いて、台所を見ようともしない。たしかに貼ってある。換気扇の横の壁に高野山のお札があるのだ。うちが越してくる前は、藤原さん一家がここに住んでいたから、きっと藤原さんが貼ったのだろうと思って気に留めなかった。それより、藤原さんが住んでいたときに、この換気扇からコンロに蛇が落ちてきたという話のほうが心に残っている。とりあえず悲鳴くらいは上げるだろうな、コンロに蛇。

「あのね、ママ、この家、おばけが出るんだって。お札はおばけ除けなんだって」

泣きそうな顔でむすめが訴える。なるほど。かわいそうだが、噂もわからないではない。ここは昔、診療所だったと聞いた。診療所が閉じた後、集会所としても使われていたらしい。地区の郵便配達をしてくれているみどりさんが、立ち話の際に、舅《しゅうと》が亡くなったときここで葬式したんだわ、と言ったことがあったのだ。今は二軒に仕切られているここが、当時どのようななつくりになっていたのかはわからない。でも、診療所だったり葬儀が行われたりした場所におばけが出るという噂は、筋としてはわかる。

「味方だよ」

私がいうと、むすめは怪訝《けげん》そうな顔をした。

「ぜんぜん怖くないいんだよ」

魂になっちゃったらみんなつながってるんじゃないか、というのが私の考えだ。ここを通っていったたくさんの魂たちが見守ってくれている。私たちは安心して暮らしていけばいい。

「……それって怖くないおばけが出るってこと？」

涙目で聞くむすめを励ますつもりで力強くうなずいたら、トイレどころか玄関にも廊下にもひとりで出られなくなった。いちばん好きな漫画が『ゲゲゲの鬼太郎』のくせにだ。むすめがトイレやお風呂に入るたびに、ドアの外で大きな声で歌を歌いながら待たなければならなくなった。めんどくさくなって英国紳士に歌わせていたら、お風呂の中と外でハモったりして案外楽しそうだった。

しかし、だ。気になることがないわけではない。このところ、私は毎晩のように怖い夢を見て目を覚ます。暗闇で心臓が壊れそうなほどバクバク鳴っている。あのぅ、霊のみなさま、守ってくれるんじゃなかったですか。

六月某日　夏至が近づく

昨年の夏至のツイートが残っている。

『昨日小三女子たちが「日が長くなったたね」と話していたので、夏至について丁寧に説明した。一定の理解を得られたようだったので、「じゃあ反対に一年で一番日が短い日をなんていうと思う?」と試してみたら、うちのむすめが「げしの反対だから、げせぬ」と答えた。感心した。』

八歳というのは幼いものだとしみじみ思う。では、九歳の今ならなんと答えるのか。どきどきしながら聞いてみた。

ふと見ると、むすめが壁に向かって逆立ちしている。

「こうすると、からだじゅうの脳みそが頭に集まって、よく考えられるの」

顔を真っ赤にして答えていた。からだじゅうの脳みそって。

六月某日　八度

カッコウが鳴いている。六月もそろそろ終わろうかというのに、朝、家の前の温度計は八度だった。道の端にキタキツネの赤ちゃんがいた。

六月某日　診療所へ

動悸が激しい。走るせいで激しいのかと思ったが、すわっていても激しい。寝ていても激しい。激しすぎて目が覚めるほどだ。ほんとうに家のおばけのせいなのか？

夫が手首の脈を取ってくれた。しばらくじっと脈を数えていたと思ったら、「強くなったり弱くなったりするし、リズムも一定じゃない」などと言う。そうして、ものすごく神妙な顔になった。めっきり口数が減り、笑みもない。ヤヴァい。たいそうヤヴァいことになっているような印象だ。山を下りて診療所へ行くことにする。

待合室にいると、前の人が、「お薬はナシでいいですね」と言われているのが聞こえる。

「天候が不安定なときには、草取りはやめましょうね」

そうか、天候のせいか。とりあえず私も天候が不安定なときは草取りはやめようと肝に銘じる（現実逃避）。

六月某日　春季大会

十勝はバドミントンのレベルが高い。冬場の半年近く雪でグラウンドが使えないのだから、屋内でできるスポーツが盛んなのもよくわかる。この春のセンバツ高校野球に出場した北海道のある高校の野球部は、冬はビニールハウスの中で練習をしていたと聞いた。

さて、中学生の春季大会だ。競技人口が多いので、各学校上位三名しか出場できないという。レベルの高い十勝管内の中学の、大将・副将・三将だけが出られるということだ。翻って、ここの中学の男子バドミントン部員は二名だ。宮下兄と宮下弟である。弟のほうは、四月に始めてまだ二か月しか経っていない。さすがに先生も、無理して出なくてもいいと宮下弟に言ってくれたそうだ。

「でもさ、各校トップが一堂に会する大会なんて、普通は出たくても出られないんだよ」

悩む弟を兄が諭している。

「出るだけ、観るだけでも価値があるって。最初の公式戦なんて、誰だって緊張して実力が発揮できないものなんだから。今のうちに経験しておくといいと思うよ」

兄は一応経験者だ。なかなか説得力がある。

「すごく強い相手と打ちあえる機会なんて、そうそうないから。いい経験になるって」

すると、弟の弱々しい反論が聞こえた。

「でも、打ちあえないよね。たぶん一回も返せない。いい経験じゃなくて、トラウマになるんじゃない？　フルボッコにされたら、コートに立つのが怖くなる可能性も高いよ？」

るわー。

兄は黙って考えている。考えている。考えている。おーい、考える時間が長すぎるわー。

六月某日　大会当日

予想以上にレベルが高い。去年はインターハイを観にいったが、そこに交じっていてもおかしくないような選手が複数いる。

コートに棒立ちになるだろう英国紳士を想像すると居たたまれず、「気を確かに持て」としか声をかけられなかった。しかし本人は出場を決めた時点で恐怖と葛藤を乗り越えていたらしい。今日はもうじたばたせず、悟りの境地に達しているようだ。出番を待つ間、他の選手たちがアップしているのを尻目に、富村牛中のゼッケンをつけ、静かにすわって文庫本を読んでいる。いや、えっと、アップぐらいはしたほうが。

試合は絶対に観ないでほしいと言われていたので断腸の思いで帰る。0点ではなかったらしい。ただし、すべて相手の自爆点だったそうだ。兄談。

六月某日　大会その後

兄弟は毎朝早く登校していくようになった。校長先生に相談して、始業の四十五分前から朝練をする許可をもらってきたという。どうした兄弟。もしや、もしや、これがやる気というやつか。やる気になっているのか……？　生まれてこの方やる気になった兄弟を見たことがないので、判断がつかない。でも、昼休みにも体育館で練習をしているという。顧問や副顧問、それぞれの担任の先生までつきあってくれているらしい。

大会の会場で出会った伝説のコーチ（二十年ほど前、富村牛中学校を全道大会にまで導いた名コーチ）からも練習メニューがＦＡＸで届いた。ぞくぞくする。初めて見た、息子たちのやる気。恥を忍んで大会に出場してよかった。この学校へ来てほんとうによかった。

七月

トムラウシ登山

先月から夜な夜な恐ろしい夢を見る理由が判明した。おばけじゃなかった。激しい不整脈だった。二十四時間の脈を測るホルター心電図によると、完全に眠っているはずの午前二時や三時に、一分間に百四十回もの不整脈が起きていた。

「これは気持ちが悪かったでしょう」

お医者さんに言われるが、なんというか、おばけのせいかと思っていました。

とりあえず、月末の登山は無理だな、と思う。

念のため、大きな町の病院を予約して、心臓専門医にも診てもらうことになった。

心臓のエコーを待つ間、夫に聞いてみる。

「もしも私が余命半年って宣告されたらどうする？」

夫はしばらく黙って考えていたが、厳《おごそ》かに口を開いた。

「思い残すことはないよ」

あるよっ。私はまだまだ思い残すよっ。なんとなく腹立たしかったので、もう黙って診察を待った。

七月某日　不整脈

専門医によると、不整脈には二種類あるらしい。命にかかわるものと、放っておいても別状のないもの。さまざまな検査をした結果、

「宮下さんの不整脈は命にかかわるものではないですが、積極的な治療が必要なものです」

とのことだった。二種類じゃないじゃん。

ストレスが原因ではないか、と忠告され困惑する。私はストレスという言葉が苦手だ。簡単にストレスストレス言ってくれるな、という気持ちがある。現在の暮ら

しをちゃんと楽しんでいるのに、どこかにストレスがあるはずだと指摘されること自体がストレスだ。

たぶん自分にストレスがあるのを認めたくないのだと思う。でも、暴れる心臓を胸に、気がついた。つらいときや驚いたときだけじゃなく、うれしいときにも心臓はどきどきする。身体にとっては、どきどきの絶対数による影響力は、つらくてもうれしくても同じなのかもしれない。自分ではちゃんと適応していたつもりでも、大きな環境の変化に心臓がどきどきしてしまった。ただそれだけのことかもしれない。だとしたら、ストレスはないと言い張るよりも、そっと認めて、がんばってたんだね、と言ってやるほうがいいだろう。心臓、お疲れさま。ゆっくり休んでね。嘘だけどね。休まれちゃ困るんだけどね。

七月某日　報告

道を歩いていたら、久しぶりに二軒隣の由美さんに会う。山村留学五年目の、ベテランだ。牧場での仕事の帰りらしい。

「登山、行けなくなっちゃいました」

私が報告すると、

「それがいいと思ってたよ」

あっさり言われる。

「自分ひとり登るのがやっとくらいの体力だったら、何のために登るのかわからないでしょう。あくまでも子供たちのサポートのために付き添うんだから、たとえば子供たちに何かあったときに、背負えたり、せめて荷物を持って登れるくらいじゃないと」

まったくだ。そのとおりだ。私は自分のことしか考えていなかった。だけど、なかなかそれを指摘してくれる人はいない。由美さん、ありがとう。

七月某日　七夕《たなばた》飾り

小中学校に行ったら、大きな七夕飾りがあった。たくさんの短冊が下がっている。中に「クマに会えますように」と書かれたものがあって驚愕する。命知らずのむすめだった。「給食にタンタンメンが出ますように」。はいはいはい。名前を確認しなくてもわかる。長男だ。それは給食のリクエストに書けばいいと思う。

七月某日　暑い

フツーに暑い。フツーに湿度も高い。北海道に騙された。今、長男のほしいものは「うちわ」だそうだ。ささやかじゃないか。

七月某日　と思ったら一転して寒い

地区の最上手に温泉がある。国民宿舎の東大雪荘《ひがしたいせつそう》だ。トムラウシの人が「温泉」と言えば、ここを指す。ここが大雪山系の登山口になっているので、ロビーのホワイトボードには、下山した登山客による現在の山の状況が書き込まれている。

「雪のため、登山道がわかりにくい」

「アイゼン要」

「情報精通者の同行が必須」

こんな状態で、半月後の登山はだいじょうぶなんだろうか。

七月某日　侵入者

最初にかゆいのを発見したのは五月頃だったたか。朝起きたら丸い虫刺されの跡があって非常にかゆかったのだが、犯人らしき虫が見当たらなかった。蚊には早い季節だった。無害そうなコバエを小さくしたような羽虫が一匹飛んでいたのを覚えている。それからも、たまにぽつんと刺されることはあったものの、甚大な被害ではなかった。

ところが、ここへ来て突然、爆発的に刺された。かゆい。蚊の十倍、いや二十倍はかゆい。家族のひとりがかゆさのあまり転げ回っている。生物兵器として使えるレベル。市販のかゆみ止めがまったく効かない。それどころか、犯人である虫の見当すらつかない。ダニではない。アブでもない。ほかに、あやしい虫が見当たらない。

いや、そういえば、コバエのうんと小さいやつが飛んでいる。羽音もなく、むしろ弱々しく、存在感もない、いかにも人畜無害そうな虫。――それがヌカカだった。糠のように細かい蚊だからヌカカ。網戸をかいくぐって侵入し、虫よけにも平然とし、何より己の欲望のために他人を異常なかゆみのどん底に情け容赦なく突き落とすヌカカなのである。ヌカカ。名前からして人を油断させるが、調べると、「毎秒一〇四六回羽ばたいている。これはすべての生物の中で最速の羽ばたきである」。なぜ？　なぜにそんなにがんばって羽ばたくのか。人さまの血を吸うためか。羽ばたかんでいいから花の蜜でも吸っていろと言いたい。

武藤牧場のかなちゃんが教えてくれる。網戸では目をくぐり抜けて侵入されてしまうので、ガーゼのように細かい目の網を張って、夏はそこしか窓を開けないようにしているのだという。

「でも、ヌカカって免疫ができるんですよ。嫁いできた年はすっごくかゆかったのに、今はもう平気になりました」

「ほんと？　かゆくなくなるまで、どれくらいかかった？」

聞くと、かなちゃんは両手を開いてみせた。

「……十？　……年？」

十年もこのかゆさに耐えるのは無理だと思う。

七月某日　ビーバー1

学校で校長先生に呼びとめられる。にこにこしておられる。

「今日、きなこちゃん（仮名）がおもしろいことを言ってましたよ」

むすめはシャイなので、人前ではおもしろいことを言わないはずだ。

「プールにビーバーがいたんだそうです」

ははは、と笑ってごまかす。それはおもしろいことを言ったんじゃない。むすめがほんとうにビーバーを見たってことだ。家に帰ってたしかめると、

「うん、いた。底のほうに三匹」

確信を持ってうなずくので、怖くてそれ以上は聞けなかった。

七月某日　ビーバー2

登校時、むすめはランドセルを背負うと、

「今日はビーバーだよ！」

と声を弾ませた。

「あのね、今日は五時間授業でバドミントンもないから二時くらいに帰れるの。ビ

ーバー！」

よくわからないが、よかったね、と笑顔で送り出した。洗濯物を干し、お茶を飲み、本を読んでいるときに気がついた。それは、ビーバーじゃなくてフィーバーだ。

七月某日　実家の父母が遊びに来る

むすめの誕生日に合わせて、福井から父母が来た。朝六時半に家を出て、こちらの家に着いたのは午後三時半過ぎだ。実に九時間あまり。一日一便だけ飛ぶ小松から千歳への飛行機に乗り、ＪＲの特急に乗り換えて、新得駅からさらに四十五分ほど車だ。

ようやく着いた家で、父はかなり抑えた様子の感想を言った。

「山奥の高校のクラブハウスみたいな家だな」

なるほどそうだ。クラブハウスとはうまいことを言う。大まかに説明すると、コンクリートのブロックを積み上げて、上にトタン板を渡した感じ。ブロックは肌色のペンキで塗りたくってある感じ。屋根は青い感じ。細かく言ってもあまり変わらない。要するに、簡単なつくりだ。まさに、何十年か前の高校のクラブハウスな感じなのだ。

寒い寒いと言いながら山を歩き、温泉に入り、学校の見学をし、ばんえい競馬へも行った。四泊した帰り際、父が、八月号くらいに出るかなあ、と言うので、何の話かと思ったら、

「へへ、俺のこと、小説宝石に書くんだろう？」

とうれしそうだ。わかってない。七月のことが載るのは九月号だよ。

七月某日　小学生バドミントン大会

中学生だけでなく、小学生たちも週に三回バドミントンを練習している。年に何度か大会もある。始めて三か月のむすめも参加することになった。

「緊張する〜」

やたらうれしそうに何度も言う。緊張する友達を間近に見て、自分も言ってみたいだけらしい。ほんとに緊張しているのかと聞いたら、にっこりと首を傾《かし》げていた。

十勝大会の上位に入れば全道大会に進める。会場は相応の緊迫感に包まれていた。

それなのにむすめは、体育館の袖で出番を待つ間、対戦相手の女の子と和やかに談

笑している。そればかりか、驚いたことに彼女たちは試合中も、ネットを挟んで「がんばろうね」などと声をかけあっている。明らかにそのコートだけほのぼのしていた。

まもなく勝負はついたが、負けたむすめも笑顔で相手に握手を求めた。

「楽しかった。終わらなければいいと思った。もっと打っていたかった」

これからは、もっと長く打てるよう、簡単に終わらないよう、がんばって練習するのだそうだ。心に残る初試合だった。

七月某日　時間割

中学校の時間割が楽しい。毎週金曜日に学級だよりが発行され、翌週の時間割が発表になる。それを見るとつくづく感心するのだ。よくもこんなにのびのびした時間割を組めるものだなあ。

美術はきちんと最後まで絵が描けるように、三時間とか四時間単位で組まれる。技術や家庭科もそうだ。町の特産品である蕎麦粉を使い、朝からクレープやガレットを焼いてお昼にみんなにふるまうという、通し四時間家庭科も楽しげだった。ちなみに、ガレットで包む具に半熟の卵が入っていたらおいしいだろうと考えた英国紳士は、毎朝早起きして温泉卵や半熟目玉焼きの試作品を納得いくまでつくっていた。実に役立つ家庭科だ。

七月某日　渓流釣り

時間割を見て驚くことがもうひとつある。教室以外で受ける授業の多さだ。森林教室や、ゴルフや水泳。ある日は、平日なのに朝から夕方まで、釣りだった。中学生たちはお弁当を持って、山の奥地の渓流へ出かけていった。こんなところをほんとうに行くんですかと不安になるような笹藪《ささやぶ》を分け入ってたどり着いた渓流で、流れに足を取られそうになりながら中学生五人と先生と講師のベテラン釣り師が一日釣り糸を垂らしたらしい。ニジマスや、イワナや、オショロコマ（限られた地域の非常に水の澄んだ場所にしかいない）などを釣って帰ってきた。しかも、ちゃんと下処理済みだ。魚の捌《さば》き方まで教えてくれるのが素晴らしいと思う。

小学生は牧場の釣り堀で釣りだった。むすめは七匹も釣って、クーラーボックスを提げ、陽に焼けた顔でにこにこ帰ってきた。全部しっかり自分で内臓を取ってあった。

子供たちの中で唯一手ぶらだったのは英国紳士だ。一匹だけ釣れたけどリリースしたんだ、とうそぶいていた。リリースしたというより逃げられたのだと思うが、それにしても元気がない。一日いったい何をやっていたんだろう、などとつぶやいている。あまりにも意気消沈しているので話を聞いて、衝撃の事実が発覚した。

彼はどうしても、どうしても自分で餌をつけることができなかったのだという(気持ちが悪くて)。こんな山の中で暮らしているのに、同級生の女の子たちだってどんどん釣り上げているというのに、軍手をしてもヤナギムシに触《さわ》ることができなかった自分をたいそう不甲斐なく感じているようだ。しょうがないよ、と言ってみる。どうしても触れないっていうのも大事な気持ちだと思うよ、となぐさめてみる。説得力はない。

「さ、気を取り直して、食べなよ、おいしいよ」

塩焼きにしたニジマスをすすめたら、力なく首を横に振った。

「あの虫を食べた魚かと思うと、とても食べる気になれない」

食卓が、しんとなった。一同おいしく食べているのに何を言う。

「しかたないよ、十二歳って繊細なんだよ」

長男が笑って場を取りなす。

「えっ、十二歳って千歳？」

違うから。それ違うからね、むすめ。でも、とりあえず笑っておく。繊細も大変だ。

七月某日　感謝

雨の朝、家の軒下に鳥が来ている。顔はアイドル系なのだが、いかんせん身体がイカさない。色もイカさない。かつおぶしみたいだ。

でも、私はもう騙されない。かつおぶしみたいな鳥がすごくきれいな声で囀《さえず》ったり、猛禽《もうきん》のように攻撃的だったり、あるいは人の言葉を喋ったりするんだろう。ヌカカよ、ありがとう。君は私に、見た目で判断しちゃだめだってことを教えてくれたんだよね。

七月某日　引退

春季大会からたった三週間。駆け足で夏季大会が終わり、中三の長男はここで部活を引退だ。お疲れさま。よくがんばっていたと思う（当社比）。部長は二年ののんちゃんに引き継がれ、副部長は英国紳士に決まった。

それなのに、なぜか兄弟連れ立って朝早く登校していく。始業は八時十五分なのに、家を出るのは七時二十五分だ。学校までは三分で着く。

「ん？　朝練だよ？」

走っていく長男の後ろ姿を見ながら、きっと帰りも平然と六時過ぎまで部活をやってくるんだろうと思う。そういうの、引退って言わないから。

七月某日　進路希望調査

前回の進路相談で、十勝で一番の進学校を挙げた長男。第一回進路希望調査票を前に、ちょっと思うところがあったようだ。

「考え直した」

そう言って記入したのは、札幌にある北海道で一番の進学校の名前だった。ははははは。長男は自由でいいなあ。

七月某日　カツオ

むすめのクラスにいる金魚に名前がついていなかったので、いきものがかりのむすめとなおくんが学校中に名前を募集することにしたそうだ。決まった名前は「カツオ」。赤い金魚なのに「カツオ」。応募した中三も中三だが、採用した小四も小四だ。

七月某日　キャンプだホイ

グリーンクラブでキャンプに行く。まずはハイキングから始め、キャンプを経験し、夏休みの登山に向けて慣らしていこうという三段計画らしい。登山には参加できないむすめも大はしゃぎでキャンプに出かけていった。

しかし、むすめなどかわいいもの、一番はしゃいでいたのが校長先生だったそうだ。わかる。校長先生はまことによき先生で、情熱的でおもしろくて元気いっぱいだ。以前、森林教室に参加したときもはしゃいで、見るからに危険な木に勝手に登って派手に落ちて転がったのを私も目撃している。むやみに木の幹にさわると危険です、と森林管理官が子供たちに忠告しているとき、校長先生はすでに木の幹に抱きついていた。

今回は、キャンプの帰りに寄った温泉の湯船で、他のお客さんの迷惑も顧みずゆうゆうと泳いでいたという。子供たちは他人のふりをし、先生たちはコナンとあだ名をつけたそうだ。見た目は大人、頭脳は子供、というアレである。

七月某日　国際交流

ケニアの中学生とテレビ電話で交流する機会を、英語担当のタナカ先生が設けてくれたという。タナカ先生は中学二・三年学級の担任で、英語の先生になるというのに学生のときフランスに留学していた、若くてきれいでおもしろくて元気な先生だ。

張り切って、衣装を用意したり刀をつくったりする長男に比べ、次男はちょっと尻込みしている。英国紳士なのに英語に弱いのだ。でも、今どきの日本人は裃《かみしも》をつけていないし、刀も差していない。長男はやりすぎだ。よく丁髷《ちょんまげ》のかつらなんか見つけてきたものだ。

「せっかくタナカ先生がつくってくれた機会なんだから、がんばってみるといいと思うよ」

次男を励ますと、横で聞いていたむすめが目を輝かせた。

「すごい！　タナカ先生って、そんな機械つくれるんだ！」

テレビ電話をつくったのは残念ながらタナカ先生ではないと思う。

ところで、長男の武士コスプレはケニアの中学生たちにもウケたらしい。テレビ電話の前にすわった途端、爆笑が起こったそうだ。今回のことで次男が学んだのは、ウケを狙うなら恥を捨てろということだったらしい。英語を学んでほしかった。

七月某日　ボギー

散歩の途中に学校の近くを通りかかったら、校庭から歓声が聞こえてきた。見ると、中学生と先生たちが入り乱れてサッカーをしている。授業時間中のはずだから、きっと体育の授業なんだろう。しかし、体育のカンノ先生だけでなく、校長先生をはじめとする担任のタナカ先生やイズミノ先生、タクヤ先生、事務のユウキさんもいる。それでもたぶん、きっと、体育の授業なんだろうなあ。

「ボギー、行けー！」

にぎやかな掛け声が飛んで、そちらを見ると、英国紳士がボールを追いかけて懸命に走っていくところだった。なになに、なんなのボギーって。学校ではボギーって呼ばれてたの？　それならそうと早く教えてくれればおもしろいのにさー。

七月某日　不安

多くの犠牲者を出した、数年前の遭難事故の日のことを聞く。

「あの日はここも寒かったのよ。異常気象だった。七月なのに冬のセーターを出して着てたぐらいだから」

頂上は普段からここより二十度近く寒いというから、夏山といっても気温は軽く氷点下だったのだろう。雨風も強く、濡れて凍えて低体温症で次々に倒れたという。子供たちの登山は、異常気象だったら延期するだろうから、安心していいとは思う。

「あの日も前日まで普通の天気だったのに、突如一転したんだよね。だから、出発の朝に晴れていても、翌日のことはわからないの」

ますます不安が募る。どうか無事に下山してきてくれ。っていうか、まだ登ってもいないんだけど。

七月某日　終業式

雨。気温も上がらない。終業式という行事があるので中学生たちは学生服を着ていったが、冬服が必要なくらいだった。

家の前の温度計では、夕方には十一度。さすがに少し気味が悪い。長袖にカーディガンを羽織《はお》る。それでも肌寒い。登山は一日順延に。きっと異常気象と呼ぶほどではないのだろう。だいじょうぶ、だいじょうぶ。自分に言い聞かせるも、夜、経験したことのない不安がやってくる。ほんとうにだいじょうぶなのか。

母親歴十四年にして初めて、息子たちが心配で眠れない夜を過ごす。

七月某日　うろうろ

息子たちは、背中からうんとはみ出した大きな山用リュックを背負って、笑顔で出発していった。長男はテントを、ボギーはひとかかえもある鍋を、自分の荷物とは別に背負っている。

しかし、学校までの道のりに、替え用の登山靴下が落ちていたらしい。清乃さんが拾って学校に届けてくれたという。お～い、と心の中で呼びかける。長男に決まっている。学校ではリュックの梱包のしかたから、しっかりと実技指導があったはずだ。あんなにきっちり梱包したリュックからなぜ靴下が落ちる。

しばらく経っても気温はやはり上がらず。だいじょうぶ、と思う。校長先生と関谷牧場のマサ兄が先発隊として朝の三時に出発してくれている。下見をしながら登り、万一危険だと判断したら登山は即刻中止にする。それほどまでに子供たちの安全を考えてくれているのだ。だいじょうぶだ、と何度も思う。それなのに居ても立ってもいられなくなって、登山口にある東大雪荘まで夫とむすめと三人で車で行ってしまう。行ってもしかたがないのに。中にあるホワイトボードで山の状況を熱心に読んでいると、いかにも山から下りてきたばかりらしい年配の男性が会釈をしてくれた。

「あのう」

思わず話しかけていた。

「うちの息子たちが今トムラウシを登っているところなんですが、今日はだいじょうぶそうでしたか」

するとと、

「ああ、学校の子供さんたち。すれ違いました。元気に登っていきましたよ。みなさん気持ちよく挨拶してくれました」

思いがけず、すれ違っていたという。元気だという。挨拶までしたという。わあっと気持ちが明るくなる。その情報だけで、無性にうれしい。よかった、ここまで来てよかった、と思う。こんなに気にしているなんて、きっと息子たちは思わないだろう。思わなくていい。親の心配なんて知らなくていいんだよ。知ったら何もできなくなっちゃうからね。

七月某日　無事に

翌日、中学生のふたりは無事に登山から帰ってきた。待ち切れなくて、また東大雪荘まで様子を見にいってしまった。すでに温泉に浸かったらしい、こざっぱりした息子たちの姿が奥のほうに見えたとき、心からほっとした。思わず涙まで出てきてびっくりした。

小雨がいつまでも降り続いて心配したけれど、どうやらずいぶん楽しかったらしい。一歩間違えたら確実に死ねる、という場所がいくつかあったそう。でも、ふたりとも、来年もまた登りたいという。同時に、家はいいなあとも思ったそうだ。家ってこんなに快適だったんだなと確認するためにも登山は必要、と私に説いている。なんかちょっと違わないか。

トムラウシの頂上で焼いて食べたジャージー牛のステーキが非常においしかったそうだ。人数分の生肉と保冷剤を担いで登ってくださった方に心からの敬意を表する。

八月

プールに入りたかった羆

いよいよ夏休み。こちらの夏休みは、二十五日間だ。福井の夏休みは四十日だったから、なんだか短く過ぎて行きそうで、始まる前から怖い。

夏休みは、遊ぶのだ。いや、いつも遊んでいるが、夏休みはさらに遊ぶのだ。

八月某日　無理

ここへ引っ越すことを告げたとき、「たとえ一年でもそこで暮らすのは私には絶対無理です」と言い放った編集者が、小学生の男の子と女の子を連れて遊びに来た。

都会の子なので、まずは自然に親しんでもらおうと学校の森を案内する。でも、お母さんにしがみついてなかなか森へ足を踏み入れられない。虫が怖い、森は嫌だ、と半ベソをかいている。帰りたい、と言っているのが聞こえてかわいそうになった。むすめがはりきってつかまえてみせた蛙にも大きな悲鳴を上げている。なるほどなぁ。たしかにここで暮らすのは無理だなぁ。良い悪いではなく、無理な人にはただただ無理なのだろうと思った。

八月某日　会議

登山が終わり、中学生たちもようやく夏休み。と思ったところで中学校で会議が開かれた。議題は、町の仮装盆踊り大会。

「出場することになった」

「優勝することになった」

めちゃめちゃ強気だ。

「これから毎日、仮装の準備と踊りの練習」

へー。毎日部活やって、その後仮装ね。へー。スバラシイ。宿題をやる予定はまったくない模様。ちなみに、引退したはずの三年生も当然のように毎日普通に参加する模様。

八月某日　仮装

仮装で何をやるのか聞いても、ヒミツ、とのことで教えてくれない。でもね、わかっちゃったんだよね。パソコンの検索履歴に残ってたから。ふふ。ドラゴンボール。今どき、仮装でもやらなきゃわざわざ検索しないよね。ふふ、隠したってお見通しよ。

「しらすちきらみみ」

むすめが何ごとかを唱えている。

「なあに？」

「あのね、しらすちきらみみ、って入れたらドラゴンボールが出るんだよ」

しらすち……？　しばらく考えて思い当たった。パソコンを平仮名変換にすると、しDらOすRちAとなる。ドラゴンまで入力できれば予測変換でドラゴンボールが出てくるのだろう。っていうか、ドラゴンボールを検索してたのはむすめだったのか！　まぎらわしいわ。

八月某日　プール

ほんとうに暑かったのは七月第一週の週末の二日間だけだった。あのときばかりは、この暑さが続いたらエアコンなしで夏を乗り切る自信はないと思ったのだが、見事に二日間だけで、以降は涼しい。木陰は肌寒いくらいだ。

そんな中でも小学生たちは学校のプールに通う。気温が二十度に届かないのにプール！　半円形の骨組みに半透明のビニールを被せた、園芸用のビニールハウスを巨大化したものの中にプールはある。太陽の熱と光で、中はもわっとあたたかい。問題は、ビニールハウスを一歩出たら肌寒い、という点だ。着替えて帰ってくる子らの唇は、揃って紫色だ。

八月某日　テレビ1

むすめによるクイズ。

Q：テレビをつけたのに何も映りません。なぜでしょう。

A：水につけていたから。

いや、ちゃんとスイッチをつけても何も映らない。なぜでしょう。正解は、難視聴地域だから。雪が降ると映りにくいと聞いていたが、実際には四月からまったく一度も映らない。

総務省に電話した。難視聴地域対策室というのがあって、そこで手続きをすればテレビが観られるようになると教えてもらったからである。書類が送られてきて返送し、しばらく待って、やっとカードが届いた。仕組みはわからないが、これでBSを経由した地デジが観られるらしい。地デジといってもキー局だけで地元局は映らない。繰り返すが、仕組みはわからない。

テレビが映った瞬間、家族一同から、おおおお〜というどよめきが起こった。ちょうど天気予報をやっていた。北海道の山の中にいるのに東京の天気予報だ。うだるような暑さ、と言っている。うだらないよ。ここじゃ誰もうだらない。キー局しか映らないという言葉の意味がようやくわかる。

八月某日　テレビ2

歌番組を観ていたむすめが画面を指して聞く。

「この人たちって、何ザイルだっけ」

エグ以外に答えがあるのだろうか。

「どこからどこまで？　後ろの人も仲間？　歌ってる人と同じお金がもらえる？」

それは私も知りたいような、別にどうでもいいような。

八月某日　テレビ3

甲子園をやっているんだが、窓の外ではウグイスが鳴いている。強烈な違和感。気温は十七度。

八月某日　スーパーひまわりちゃんのこと

去年、中学校の生徒はひとりだった。学年でひとりではなく、全校生徒ひとり。三月に卒業したひまわりちゃんだ。明るくて、かわいくて、面倒見がよくて、なんでもできる。十勝の英語暗唱大会で二年連続最優秀賞、書道では全国大会の金賞を獲り、アニメソングが上手で十勝の予選を勝ち抜いて札幌大会に進んだそうだ。漫画の大ヒットで非常に倍率の高くなってしまったエゾノーに推薦で入った。家は牧場を営んでいて、お母さんは獣医さんだが、ひまわりちゃんは歌手になるのではないかとここの子供たちはとても楽しみにしている。

さて、ひまわりちゃんは、寮生活中の現在も母校を気にしてちょくちょく顔を出してくれる。そのときの下級生たちのよろこびよう。みんなほんとうにひまわりちゃんのことが好きだ。この子がたったひとりで中学校を支え、小学生たちを引っ張ってきたのだろう。

後を引き継ぐはずのうちの長男が能天気すぎて申し訳ない気持ちでいると、ひまわりちゃんのお母さんの恭子さんが私に耳打ちしてくれた。

「ヒロトくん（仮名）、ラクそうに見せてるけど、ほんとはきっとがんばってるんだよ。ひまわりに『ここの学校では何でも一対一で教えてもらえて贅沢な環境だったよね』って言ったら、『お母さんは一対一のしんどさを知らないから』って言われちゃった。『何もかも見られてるひとりのしんどさは言葉じゃ表せないよ』って」

重みのある言葉だった。ひまわりちゃんには一度も同級生がいたことがないという。自分以外はみんな先生という環境は、想像もつかないくらい大変だったと思う。そうか、ラクそうに見えるけど、長男もがんばっているのかもしれないな、と少し見直した。

「え？　大人数で受ける授業のつらさに比べたら、一対一の授業は天国だよ。自分のペースで授業が進むんだもの。無意味な宿題も出ないし、無駄なテストもない」

長男は笑った。やっぱりほんとにラクだったみたいだ。ここで生まれ育ったひまわりちゃんと、よそから来た期間限定雇われ店員みたいな長男とは責任感みたいなものも違うのかもしれない。でもまぁ、天国ならいいか。

八月某日　温泉に羆

集落上手の温泉に羆《ひぐま》が出たらしい。実はこれまでにも、学校近くの川辺に足跡があったとか、フンが残っていたとか、車の中から後ろ姿を見たとか、耳にはしていた。でも、土地の人はみな、至近距離でばったり出会ってしまう不幸がない限り、羆が特別に危険な生きものだとは考えていない。危ないのは、出合い頭で羆にも人間にも余裕がないときだ。だから、お互いに近づかないようにするし、近づきそうなときには相手に所在をわかってもらうよう注意を重ねる。

問題は、よそから来た観光客が羆の餌になるようなものをその辺に放置していくことだ。たとえばお弁当の残りを持ち帰らずに道端に捨てていったりすると、それを羆が食べて味をしめる。餌欲しさに人間の近くに現れて、人間を傷つけ、自らも傷つくことになる。

……などと書いているのはフラグだろうか。宮下さん、あのときあんなふうに書いてたのにねえ、と言われてしまうのだろうか。

八月某日　蛇侵入未遂事件

台所の窓から入ってこようとしている大きな蛇と目が合った。間近で見ると、ピュッと出てくる舌がなまなましい。でも、羆が入ってこようとしているよりはよほどマシだ。というより、わりかし平気だ。私は蛇も虫もけっこう平気みたいだ（ヌカカ除く）。冷静に窓を閉めた。

八月某日　クマンバチ

牛がモーと鳴いたのだと思った。牛？　ここに？　とふりかえったら、巨大なクマンバチがいた。蜂の羽音は牛の鳴き声に似ている、という事実を発見して悦に入るも、使い途がない。とりあえず、ひそやかに、かつすみやかに、大きな蜂から逃げる。

八月某日　畑に羆

家族で外から帰ってきたら、家の前で大きなエゾシカと鉢合わせした。優雅に身を翻して駆けていく姿に感嘆していたちょうどその頃、家から三百メートルほど離れた畑に羆が出ていたらしい。シカ避《よ》けの金網を乗り越えて侵入し、ジャガイモを掘って食べていたという。おなかいっぱいジャガイモを食べられただろうから、人は食べないよね、と家族で話し合う。デザートは別腹、という言葉を唐突に思い出す。

八月某日　カブトムシ

むすめによれば、ここは圧倒的にクワガタが多いらしい。言われてみれば、散歩中に見かけるのはクワガタばかり。カブトムシ好きのむすめは少々物足りないようだ。

「クワガタって案外ドウモウなんだよ」

どんなに丁重に扱っても、上半身を擡《もた》げて威嚇してくるのだという。

「カブちゃんはやさしいから好き。キタキツネもカブちゃんのほうが好きなんだよ」

初耳だった。どうしてわかった？　と聞くと、

「キタキツネが食べるのはクワガタばっかりだから」

それはクワガタが好きってことなんじゃないのか。好きだから食べずに生かしておく、という発想がキタキツネにあるのか。第一、キタキツネが食べるのはほんとうにクワガタばかりなのか。

「だってキタキツネのフンにはよくクワガタが混じってるじゃない」

げげ、フンまで観察していたのか。消化できていないクワガタがフンの中で光っ

て見えるからすぐわかる、のだそうだ。観察するのはいいけど絶対にさわらないでと注意しておいた。わかってるよははは、と笑った声が妙に明るく乾いていて若干不安。

八月某日　小中学校のプールに羆

プールのまわりに真新しい羆の足跡が見つかったという。

「子グマだね」

むすめがしたり顔でうなずいている。

「プールに入りたいなんて、子グマに決まってる」

プールに入りたかったんじゃなくて、隣にある小中学校の畑に来たかったんじゃないか。もしくは、プールからおいしそうな生きものの匂いがしたのでは。ともかく、確実に近づいてきている。

八月某日　星を観に行く1

名寄《なよろ》のきたすばる天文台へ行く。ここには去年も一昨年も来ている。名寄の町自体も好きなのだ。ベストセラーしか置いていないような本屋さんで、『スコーレNo.4』をPOP付きで展開してくれていたのが忘れられない。

ここの大きな天体望遠鏡はすてきだ。案内をしてくれる係員の方の説明も親切でわかりやすい。説明を聞いている間（だけ）は星博士になったような気分になれる。しかし、あいにくの曇り。昨日は肉眼でも天の川がはっきりと見えた、と聞いてますます無念だ。他のお客さんが帰っても執念深くいつまでも望遠鏡を覗いていたら、急に雲が晴れて、ダイヤモンドみたいに輝くベガが見えた。

八月某日　星を観に行く2

日本で一番寒い町、陸別《りくべつ》の銀河の森天文台へ行く。ここの天文台も大好きだ。ちょうど二年前に、この天文台で『誰かが足りない』の最終回の原稿について編集者から電話を受けたのを思い出した。あのときは、原稿が遅れているのに北海道へ旅行に来てしまったので、今北海道にいるのだと言えず、家で打ち合わせをしているみたいなふりを通してしまった。大事なことはすぐに忘れるのに、意外と細かいことを覚えているものだ。などと感心していると携帯が鳴り、なんと久方ぶりのその編集者から電話がかかってきて驚いた。とっさに家にいるふりをしようかと思ったが、別に原稿は遅れていなかった。これから遅れる予定だがそれはまだ内緒だ。

雨で、流星群は見ることができなかった。ほんの一瞬、雲の切れ間から、ひゅうっと大きな流れ星が見えた。ひとつでじゅうぶん満足できる美しさだった。

八月某日　新しい人

中学校に山村留学希望者が見学に訪れたという。一年生の男子だったらしい。またまうちが留守にしている間だった。同級生男子を切望しているボギーは期待に胸をときめかせていたが、どうやらまだ見学だけで、来るとしても来春からになるらしい。

「山村留学用の住宅がいっぱいだからじゃない?」

家族でそう結論づけたときに、はっと思い当たったことがあった。山村留学のために初めて問い合わせたとき、大歓迎だけれども残念ながら今は空いている家がない、と言われたのだ。取り壊しが決まっている古い家が一軒、あとは五人家族にはさすがに厳しい1LDKのアパートしかない、とのことだった。

その後、息子たちが中学一年と三年になることを話すと、現在のままなら先生が不足していること、複式学級にするには二年生がゼロで空いてしまうので増員に問題が生じることなど、次々に問題が判明して、それがまた次々に解決して、その間に住宅問題はうやむやになったのだった。

しかし、よく考えてみれば、住宅が増えたわけではない。空白の学年、中二に教頭先生のお嬢さんが転入してきてくれて、教頭先生一家がいささか手狭なアパートに入居した。空いていたのは、取り壊し予定だった古い家だけのはずだ。取り壊し予定だった古い家だけのはずだー！

八月某日　熱中症に注意

全国で猛暑地点が二百を超え、数年に一度の暑さに、とニュースでやっている。家族一同ぽかんとして、それからくすくす笑う。ここは今、十八度。半袖では肌寒いくらいだ。

八月某日　ウルトラの母

家族で集落上手の温泉に行く。ここは掛け値なしに素晴らしい。今の季節は露天風呂からの眺めが開放的でとても気持ちがいい。「若返ったわ〜」と言ったら、むすめが無邪気に「何万歳くらい？」と聞いてきた。とりあえず二万歳くらい。

八月某日　お盆休み

息子たちが毎日午前八時から十二時まで通っている部活が、お盆で休みになった。でも、例の「会議」はある。午前中どころか、お昼を食べに帰ってきて午後からまた行く。仮装の衣装のほかに、つくりものも準備しているらしい。息子たちは大いに楽しんでいるようだが、お盆なのに学校で「会議」をしてくださっている先生たちには頭が下がる。

ソフトボールの朝練もお盆で休み。それなのに、夫はいつもどおり朝五時半にグローブを持って出かけていった。七時過ぎに戻ってきたときには汗びっしょりだ。「誰も来ないんでしょう？　ひとりで何してるの？」と聞いてみたら、「自主練」。だったらわざわざ朝の五時半じゃなくてもいいんじゃないか。

八月某日　仮装盆踊り大会

まさかのジブリだった。先生たちと中学生、総勢十一名で、派手なジブリ。千尋もサンもいる。ナウシカやカオナシ、キキ、シータ、ヤックルまでいる。ちなみにヤックルは、タナカ先生のだんなさん。屈足の陶芸家だ。なぜにヤックル……。

長男は紅の豚になり、ボギーは全身タイツに耳をつけてトトロだった。しかも青。青いタイツに青い耳、青いしっぽ。微妙にトトロじゃない。隠すはずだわ。

「そのトトロで踊れたら、ボギーはもう怖いものないはず」

先生たちに太鼓判を押される。優勝して、賞金をもらって、それでみんなでスキー旅行に行く計画らしい。踊るたびにトトロの青いしっぽがプリプリ揺れて、たいそうかわいらしかった。

しかし、無情。優勝を逃した。彼らの夏は終わった。校長先生が、お祭りの屋台で焼き鳥を買って分け与えてねぎらってくれた。思い切り値切って買っていたのを子供たちも見ていた。

八月某日　落葉

風に吹かれて黄色い葉が舞っている。ふと気がつくと、窓の向こうの胡桃の木の、さわさわ揺れる枝に黄色い葉が混じっている。ひと枝につき一枚くらいずつか。不意に言いようのないさびしさが襲ってくる。きっと、ひと枝に一枚だった黄色い葉が、二枚になり、三枚になり、あっというまにすべて黄色くなって、次に気がついたら落ちているのだろう。

ここへ来たとき、まだ雪が積もっていた。胡桃は裸で立っていた。首を長くして待ったが、胡桃はなかなか葉をつけなかった。まわりの木々の枝がすっかり緑に覆われた頃、ようやく小さな芽を吹いた。葉をつけるのもゆっくりだったのだから、落とすのもゆっくりでいいと思っていたのに。

若芽を見上げて弾んだり、葉を落とすことを予感して痛んだりする、この胸は忙しい。不整脈で三割増しくらいに忙しいのかも。

八月某日　雨

激しい雨。濡れそぼったキタキツネが、道の端に佇んで、恨めしそうにこちらを見ている。気温は十二度。

八月某日　解決

不整脈をはじめ、いくつかの問題を抱えているが、私はおおむね体調がいい。そう思っていたが、診療所でもらった薬を飲んだら、不整脈はもちろん、めまいも、胃の痛みも、治まった気がした。抗不安薬だった。よくわからない。私はもともとのんきで楽観的だ。プレッシャーにもわりと強いと思う。抗不安薬が効くなんて、意外だった。

薬について調べていて、ふと、思い当たる記述があった。私には、昔から迷走神経反射はあった。中学生のとき、本屋さんで立ち読みをしていて倒れたのが最初だ。身体のコントロールが利かなくなって、すべての穴から――それこそ、鼻からも口からも毛穴からも――身体の中身が出そうになる。眼球が正面を向かなくなる。呼吸が苦しくなる。それが迷走神経反射と呼ばれる症状だとずいぶん後になって知った。

それから、バスやタクシーに乗ったときの、恐怖感。車に酔うというより、怖い。

エレベーターも、できれば避けたい。もしも途中で止まったりしたら、たぶん息ができなくなるだろう。うまく説明できないけれど、ある種の乗り物が怖い。

さらに、移動する痛み。これは、今まで何人かのお医者さんに相談して、そのたびに、そんな症状は聞いたことがない、と言われてきた。かき氷を一気に食べたときに、頭にキーンと来る痛み、あの痛みの強度を増したものが、まず心臓に来る。しばらく胸が痛くて、それが少しずつ移動して身体を上っていく。喉を通り、歯に来て、目に来て、頭に到達する。どれくらいの痛みかというと、とても立ってはいられないくらい。

移動する、とは書いてなかったけれど、似たような痛みを経験している人が、ネットの中にいた。パニック障害、とあった。めまいも、不整脈も、乗り物恐怖も、迷走神経反射も、痛みも、パニック障害の症状だった。

ああ、そうか。パニック障害だったんだ。

迷走神経反射の苦しさ、移動する痛みのつらさ、乗り物の中で死ぬかもしれないと感じる恐怖。それらが緩和されたわけではないのに、救われたような思いだ。治療法が確立されているわけでもないから、診断されたくなかったという人もいるだろう。でも、私は、楽になった。名前をつけてもらって、自分で自分の病気を認めることができた。少し泣きそうになった。

八月某日　始業式

むすめの夏休みの宿題を見ていたら、8千億の10倍が8万億になっていた。がんばれ、むすめ。がんばれ、新学期。登校時の気温は十七度。トリカブトの花が通学路に咲き乱れている。

八月某日　修学旅行

富村牛中学校では、去年までは隔年で、二年生と三年生が一緒に修学旅行に行っていたそうだ。今年は二十数年ぶりの試みで、山を下りたところにある屈足中学校（略して屈中）と合同で行くことになった。屈中の三年生は全部で十一人。そこに長男が入って十二人での修学旅行だ。知らない子たちとの修学旅行を楽しめるだろうか。長男も少し戸惑っている様子だった。

「三年生の十一人は不動なんだって。保育所時代から、小学校も、中学校も、ずーっと一クラスで、誰も抜けず、加わらず、同じメンバー。そこにひとりで交じったら、完全に部外者だよね」

長男が話すのを聞きながら、クーッと胸が騒ぐ。保育所から中学までずっと一緒に過ごすってどういう感じなんだろう。十一人の関係はどうなっているんだろう。成長の過程も、家庭環境も、お互いに何もかも知り尽くした十一人。濃い。濃いよ。できることなら、彼らに話を聞いてみたい。一年後、中学を卒業して初めて離れ離れになった彼らにもまた話を聞いてみたい。

でも、当面の問題は、そこに長男がうまく交ざれるのかということだ。

「十一人はみんなヒロトくん（仮名）が来るのをとても楽しみにしてくれているそうです」

校長先生から伝言が届いた。それで、気持ちがぱっと変わった。受け入れてくれるんだ。ああ、よかった。ありがとう、濃い十一人。不束者《ふつつかもの》ですが、息子をよろしく頼みます。

八月某日　修学旅行　前編

「修学旅行なんてなくていいのに……」と言っていた長男だが、屈中の三年生十一人と合同で行く旅行に、校長先生と副担任のタクヤ先生が同行してくださることが決まってからは何も言わなくなった。長男は、校長先生はもちろん、タクヤ先生のことがとても好きなのだ。中学生のときに心から信頼できる先生がいるというのは非常にしあわせなことだと思う。

タクヤ先生は、二十代後半。大学をふたつ出て国語と社会の教員免許を持つ。歴史の年号は暗記させず、テストはすべて記述・論述式。専門はアイスホッケーでコーチ理論に長ける。前任の中学ではテニス部の顧問で、初心者を全道大会まで導いたそう。自転車で四十七都道府県を旅したことがある。肉が嫌い。話題が豊富。つねに何かを重ね着しているファッションセンスは微妙。

八月某日　修学旅行　本編

朝五時五十分に学校集合。僻地なので早い。早朝だというのに集まってくださった先生と生徒たちに見送られ、長男はバスに乗って出発していった。札幌・函館三泊四日の旅だ。

同行のタクヤ先生から学校に入った連絡によると、「ヒロト（仮名）は行きの特急列車で大貧民をして爆笑。すでに屈中のみんなと打ち解けている様子」とのこと。学校に残った担任のタナカ先生と、「あやしいですね」とうなずきあう。長男はたいていいつも機嫌がよくて、よく笑うが、爆笑はしない。ひどく怒ったり泣いたりすることもない。幼い頃からそうだった。これまでの十四年、彼が爆笑しているのを二、三回しか見たことがない。「ヒロトくん（仮名）、交じろうとしてがんばってるんですね」とタナカ先生が言う。交じろうとがんばって笑っている息子を思うと、ちょっと胸が詰まった。

続いて入った情報は、「特急列車の中で校長先生がはしゃいでいる」というもの。タクヤ先生は他人のふりをしているらしい。他人だし。

タナカ先生とタクヤ先生の連携で、修学旅行中は毎日学級通信が発行された。息子の様子が先生の視点で逐一報告されて、すごく楽しい。ありがたい。

八月某日　修学旅行　帰郷編

楽しかった！　と言う。初めて行った観光名所よりも、きれいな景色よりも、久しぶりに同世代の男子たちと話したり笑ったりできたことがとても楽しかった、と。よかったなあ。そんなに楽しい修学旅行になるとは予想もしていなかった。屈中に交ぜてもらえてほんとうによかった。爆笑は伊達じゃなかったんだ。

安堵した半面、複雑な気持ちも残った。このくらいの年頃の子は同世代の同性の友達と過ごす時間がやっぱり大事なのだとつくづくわかってしまった。息子たちは現在の生活をとても楽しんでいるが、同世代の男子はそれぞれ兄と弟だけだ。わかってはいたけれど、思っていたよりもそれが大きなことだったらしいと今さら気づかされる。

九月

雪虫が飛んでたよ！

ここから二か月は、あっというまです。

町内会ＰＴＡ合同会議の席でのＰＴＡ会長の幸太さんの発言が耳に残っている。四月からここまでもあっというまだったのに、ここからさらに加速するのか。短い夏が終わり、さらに短い秋を迎え、十月末の学芸会まで二か月。行事はてんこ盛りだ。

九月某日　秋祭り

この小さな集落にも神社がある。そこの秋祭りにたくさんの店が出るという話は聞いていた。こんな山奥に屋台を運んでくるのはさぞや大変だろうなと思っていた私はのんきだったのだ。

「え、奈都さん、知らなかった？　各家庭が店を出すんだよ」

お隣のますみさんが教えてくれる。

「各家庭……って、希望者じゃなくて、全家庭ってこと？」

「うん。うちはクレープ焼くよ」

「うちはタコ焼き」

「うちは金魚すくい」

他のお母さんたちも続々と教えてくれる。本格的じゃないか。

出店リストをざっと見て、飲みものを出す店がほとんどないことに気づく。よし。

「じゃあ、自家製ジンジャーエールにする」

即決だ。生姜とスパイスをたっぷり使ったジンジャーエールはすごくおいしくて、夫と私と次男ボギーは大好きだ。長男とむすめは飲まないけれども。つまり、五分の三の確率で、秋祭りでも飲んでもらえるだろうと読んだ。

当日。九月初日だというのに寒かった。長袖にパーカーを羽織って、それでも肌寒くて震える。冷たいジンジャーエールはさっぱり売れなかった。ホットジンジャーにすればよかった。まあいい。大量に余ったジンジャーシロップで、当分はジンジャーエール飲みまくりだ。

隣の健康相談のブースで、むすめの担任のシホ先生（24）が、「どうしたらきれいになれますか」と相談しているのを聞いてしまう。「僕はその分野の専門ではないので」と医者がしどろもどろ答えているが、「あなたはすでにじゅうぶんきれいです」が模範解答ではなかろうか。

九月某日　タイトル

十月に刊行される初エッセイ集の見本が出た。『はじめからその話をすればよかった』というタイトルだが、担当編集者に「小説宝石の『神さまたちの遊ぶ庭』っていいタイトルですよねえ」と恨めしそうに言われる。ま、まあね。

九月某日　グァバグミ

一番近いコンビニまでおよそ四十キロあるので、ぜんぜんコンビニエントではないのだが、一番近い屈足のスーパーは午後になるともう肉も魚も残っていないという有り様。山を下りた際にはとりあえずコンビニに寄ってみる。北海道が誇るセイコーマートは、お店で焼くパン・オ・ショコラがおいしくておすすめだ。

今日はお菓子の棚に、グァバグミを発見。むすめが手に取ってしげしげと眺めている。

「グァバって、何？」

妹の質問に答えんとパッケージを確認したボギーが、

「ズッキーニじゃない？」

たしかにパッケージに載っている輪切りの野菜らしき絵はズッキーニに酷似している。この夏、山の畑では巨大なズッキーニが大量に採れた。今さらズッキーニのグミなど食べようと思うわけがない。いや、ズッキーニじゃないし。

九月某日　金沢まで

山の中に住んではいても、音楽を聴きたいし、ときどきは映画も観たい。一番近いレンタルCD・DVD屋さんは、山を下りて約六十キロ離れたTSUTAYA。家族でときどき出かけて借りてくる。郵便返却システム万々歳だ。車で一時間半かけて行くTSUTAYA。もしも福井で暮らしていたら、金沢くらいまでCDを借りに行ってることになるんだなぁ。通常のテレビさえ満足に映らない日本の山奥で、二十世紀のフランス映画を観まくる背徳感。

九月某日　町にたったひとり

ボギーが新得町の広報誌の取材を受けた。町にたったひとりの男子バドミントン部員なのだそうだ。意外だった。十勝はバドミントンが盛んなのだ。隣町には強豪校もある。ちなみに長男も普通にバドミントン部で活動中だが、中三は公にはもう引退している時季なのでカウントされなかったらしい。

「どんなこと話したの？」

「うん、聞かれたことに答えただけ。根掘り葉掘り聞かれた。なんか、魂吸い取られた気がする。もう寝るわ」

早々に蒲団に入ったボギーはほんとうに魂を吸い取られたらしい。翌日、身体に力が入らなくて起き上がれない、と言って学校を休んでいた。弱い。

九月某日　カヌー

学校でカヌーに乗ったよ、とむすめが言う。どういうことだ。本来なら着衣水泳の訓練があるはずの日だった。

この辺に住む人はほとんどがアウトドアの達人だが、川ならこの人！　という人がいる。私たちの一年前に山村留学してきた藤原家のお父さんだ。カヌーのインストラクターのインストラクター、つまりカヌーの先生の先生で、レスキューのプロ、後進の指導のため全国の川を飛びまわっている。着衣水泳の講師にこれほどの適任者はいない。

しかし、寒い。ビニールハウス内のプールでさえ水温が上がらず子供たちを水に入れることができなかったらしい。急遽、家からカヌーを運び込んでプールに入れて乗せてくれたのだそうだ。いかしてるわ。

万一川に落ちた場合の浮かび方なども丁寧に教えてくれたそうだが、九月のこの時季なら五分で身体が動かなくなる水温だという。そして、この僻地で五分以内に誰かが通りかかって見つけてくれる可能性は限りなく低い。

「落ちた時点であきらめろ、ってことだね。じたばたするな、ってこと」

しみじみとボギーがつぶやいた。川で遊ぶときは、それくらいの覚悟で遊べってことだと理解した。

九月某日　羊と梅干し

「メイちゃん見ながら梅干し食べてくる」と出ていったむすめ。

日が暮れてきたので様子を見にいったら、小雨の降る中、同級生のみぃちゃんとふたりで「とむら」の軒下にすわって、メイちゃん（羊）を見ながら梅干しを食べていた。気温は十一度。寒くないかな、と思うが、ふたりの女の子がぼーっとすわって羊を見ている姿がきれいで、声をかけずに帰る。妙に胸に残る情景だった。

九月某日　あやしい儀式

小中学校に教育大から学校支援ボランティアの女子学生が三人来た。長男のいる中学二・三年学級にもひとり入ったらしい。生徒ふたりと担任のタナカ先生は、彼女を騙そうと計画。帰りの会に、いかにも毎日行っているふりでおかしな儀式を盛り込んだ。

のんちゃん（司会）「それでは今日の方角です。ヒロトくん（仮名）お願いします」

ヒロト（仮名）「はい、今日の方角は、ししおどしです」

タナカ先生「それではまいりましょう、ワンツースリー、忍っ」

一同、同じ方角を向き、忍法のように両手を組み合わせて、礼。

それを大まじめにやるので大学生は驚いたに違いないが、すぐに合わせて一緒に礼をしてくれたらしい。内心、やばいところへ来てしまったとドキドキしていたに違いない。それでも、二日目からは、両手を組み合わせるところから見よう見まねで一緒にやってくれたそうだ。素晴らしき大学生。ありがとう大学生。でもごめんね大学生。

九月某日　打ち合わせ

東京から編集者がふたり来る。東京のお嬢さんがこんな山の中に来てだいじょうぶなのかと思うが、ひとりは高校生の頃カナダの牧場に一年間ホームステイして馬と話せるようになったという兵《つわもの》だからきっとだいじょうぶだ。もうひとりも、カンボジアで戦争の取材をする作家に二週間同行したことがあるくらいだから安心していいだろう。

だめなのは私だった。久しぶりに仕事相手と話したせいか、終始テンションが高めだった気がする。「宮下さん、変わった」「落ち着きがなくなった」と評されているかもしれぬ。まあいい。新連載の打ち合わせを終え、さあ、あとは心おきなく十勝川でラフティングだ！

三人でライフジャケットを着てヘルメットをつけ、ボートに乗り込む。パニック障害でも、なぜかボートはだいじょうぶなのだ。調子に乗りすぎて、全員髪までびっしょりになる。雨上がりの十勝川の水も飲んでしまった。ぺっぺっ。私は地元だから濡れてもお腹が痛くなっても平気だが、ひとりはこれから東京に帰り、ひとりは札幌に移動して北大路公子さんと飲むのだそうだ。申し訳ないことをした。

九月某日　チャンスはめぐる

チャンスの神さまには前髪しかないというまことしやかな噂を聞いたことがある。通り過ぎてから気づいてふりかえっても、後頭部には毛がないからもうつかめない、というものだ。

三年前の夏休みに、三週間ほどかけて家族で北海道を旅行した。道の駅で車中泊したり、安いビジネスホテルのシングルベッドにふたり、ダブルベッドに三人でぎゆうぎゅう寝たり。楽しかった。三週間でもまわりきれないくらい北海道は広くて、いつかまた行こうと言いながら旅行を終えたのだ。いつかと言いながら、一年後にも、二年後にも、北海道を旅行している。三年後が今だ。住んでしまった。三年前は、これが家族でゆっくり旅行できる最後のチャンスかもしれない、と思っていた。子供たちがちょうど小学六年生、四年生、一年生と揃った年だった。中学校に上がればいろいろと忙しくなると聞いていたし、そんなに長く休みは取れないだろうと思ったのだ。取ってるよ。なんだかんだ取っている。チャンスの神さまには意外とふさふさした髪があるんじゃないかなぁ。っていうか、もしも神さまにほんとうに前髪しかないとしたら、その大事な前髪をつかんじゃだめだろう。

九月某日　家族旅行

北海道に来たからには、あちこち旅行に出かけるものだと勝手に思っていたが違った。あまりにも眺めのいいところに住んでいるので、どこかへ遠出しようという気持ちになかなかならない。夏休みにも、一泊で天文台へ星を観に行ったのが二回。それだけだった。

三連休にちょっと遠出することになった。都会にはほとんど興味がなくなっている。弟子屈《てしかが》、網走《あばしり》、紋別《もんべつ》、興部《おこっぺ》、丸瀬布《まるせっぷ》、滝上《たきのうえ》と、書いてみると変わった地名のところばかりだけれど、この中に、今のところ一番好きな宿と、一番好きな庭がある。行ったことのあるところばかりということだ。新しいところに行きたいともあまり思わなくなっている。

オホーツク海に面した紋別の流氷科学センターには三年前に旅行したときにも行った。ものすごく寒い氷点下の部屋が用意してあって、そこに凍った白クマやサメがいたのを覚えている。冷気に襲われると身体じゅうが痛くなって、三年前の私は一分ももたずに退散したのだった。
またあの部屋に行ってみたいという子供たちのリクエストに応えたのだが、部屋の前で目を疑う。「マイナス二十度」と書いてある。マイナス二十度って、え？ そんなもん？ なーんだ、と笑いながら部屋に入る。トムラウシの冬には二週間くらいマイナス二十度の日々が続くという。そこで人々は暮らしているのだ。だいじょうぶに決まっている。——が、濡れタオルがあっというまにカチカチになる。シャボン玉が飛びながら凍る。そして私はやっぱりすぐに身体が痛くなって、早々に退散。だいじょうぶか、こんなんで山の冬を無事に越せるのか。

九月某日　仲間

ドライブの途中で、樹海小学校という学校を見つける。仲間だ、と直感する。実際に樹海の中にあるのだ。樹海小学校。うふふ、きっと仲間だ。
山また山や大雪の
ひるなお暗き密林に

富村牛小中学校の校歌の冒頭である。「山また山」はまだしも、「昼なお暗き」といわれてしまうと言葉に詰まる。まして「密林」とまでいわれた日には。

そうだ、二番の歌詞には樹海も出てくる。

果てなく続く樹の海に
小鳥や鹿を友として
われらは強く育ちたり

「小鳥や鹿を友として」も忘れがたい。きっと、樹海小学校の校歌もすてきなんだろう。

九月某日　巡見学習

巡見学習というのは、実際に地域を歩きまわって地理や地形を確認したり、地層を調べたりする、地域の風土を学ぶ授業らしい。車で山の奥地へ入って、午前中の四時間をかけて学習する。中学校の先生のほかに、地元に詳しい講師の先生もついてくださる。トムラウシをもっと深く知りたい私が代わりに受けたいくらいの授業だ。

「ここから先は車では入れないから降りて歩きます、って道のないところを」

帰宅した中学生男子たちが報告してくれる。

「崖とか、谷とか、川とか、普通は行かないようなところ」

そこへ中学生五人と先生とで入っていったらしい。中学生というのはたいていのことがめんどくさい年頃のはずだが、「なんか楽しかった」「なんかおもしろかった」などと笑って言う。相当楽しく、相当おもしろかったんだと思う。

あとで学校のブログを見たら、ピッケルを握りしめたままめちゃめちゃ笑顔で崖を滑り落ちていく兄弟の写真がアップされていた。

九月某日　気温が上がらない

空気が澄んで、山がくっきりと青い。子供たちの登校時の気温は六度。いつも元気なむすめも、さすがに長袖を着ていった。

九月某日　インタビュー

北海道新聞のインタビューを受ける。やさぐれた感じの美人記者が、開口一番、

「昨夜は札幌の北大路さんと飲んでたんですけど、宮下さん、北大路さんとふたりで講演会やるんですってね」

あれ？　北海道って実は狭いのか？　そして北大路さんはまた飲んでいる。

「このまま新得で暮らすんですか」

なんでもないことのように聞かれて、答えに詰まる。私にも、まだ、わからない。

九月某日　大雨警報

午後七時、大雨で山へ続く道路が封鎖される。道路のすぐ近くを大きな川が流れているから危険なのだ。山には二か所にゲートがあって、一定雨量を超えるとそれが閉まる。閉まってしまえば、山へ上ることも、下ることもできない。ここは陸の孤島と化す。

連休だし、行きたいところもあったのだけど、おとなしく家にいた。すると、夜八時半を過ぎた頃、家の前に車が停まり、長屋のお隣が帰ってきた気配がする。ゲートが閉まっていたんじゃないのか。顔を出すと、純子さんがにこにこと「開けてもらったの」と言う。

「前回の教訓があるから、焦らずに、落ち着いて、開けてもらった」

前にゲートが閉まったとき、山を下りていた純子さんは子供たち三人を乗せて猛スピードで山を上った。間に合わなかった。雨は激しい。しかたなく、閉まったゲートから町へ引き返そうとした。わずかな時間に大雨で大木が倒れ、行く手を塞いでいた。灯のひとつもない外は完全な暗闇だ。携帯の電波も届かない。雨はますます激しくなり、川の水が道にあふれ出してくる。子供たちの足が今にも取られそうだ。大木は押しても引いてもびくともしない。もしかしたら、ここでおしまいかも……と思ったとき、山裾のほうからライトが射した。倒木の通報があったらしく、除去のために役場から工事車両が出たのだ。大雨の中、飛び上がって両手を振る純子さんと子供たち。すでに車のタイヤは川の水に浸されていた（純子さん談）。

こうして間一髪助かった純子さんたちだが、私は知っている。親切で、人懐こくて、好奇心旺盛な純子さんの心臓は今までに何度も止まりかけている。ひとりで川釣りに出かけて魚に夢中になり増水に気づかず、胸まで水に浸かってからハッと我に返ったという。もうだめだと思ったが、気がついたら岸に泳ぎ着いていたそうだ。

「走馬灯ってほんとにあるんだね」

純子さんの武勇伝をいくつも聞くうちに、人って案外だいじょうぶなんだな、と思う。私も強く楽しく生きよう。

九月某日　帰還

なんとなく、お隣に人の出入りが多い気がしていたら、どうやらなっちゃんが帰ってきているらしい。なっちゃんは後藤家の長女で、富村牛中学校を卒業して帯広の進学校に進み、今は高校二年生だ。学校近くの下宿に暮らしているけれど、妹のももちゃんととても仲がよくて、ときどき帰ってきては顔を見せてくれていた。

家の前に車を停めて、ぼーっと運転席にすわったままのますみさんを見つけ、窓ガラスをこんこんと叩く。

「ぼーっとして、どうしたの？」

何気なく聞くと、ますみさんは力なく笑って車から降りてきた。

「なづきが、歩けなくなった」

「えっ」

「原因はわからない。詳しく検査したんだけど、どこにも異常はなかったの。でも、ときどき身体から力が抜けてお箸を持つこともできなくなるんだよね」

そう言って、また笑おうとして、頬が引きつった。思わずますみさんの肩に手をまわす。

「学校にも、ぜんぜん行けてなかったの」

いつも気丈なますみさんの頬を涙が伝う。思わずもらい泣きしそうになって、ここで私が泣いちゃだめだ、と思う。それでも、涙がついこぼれてしまう。いつも明るいなっちゃん。歌のうまいなっちゃん。小さい子に慕われるなっちゃん。どうして歩けなくなるまで我慢したんだろう。トムラウシを離れて、ひとりでぎりぎりまでがんばるつもりだったのか。

「学校がつらかったんじゃない、学校は大好きだ、行きたい、って今も言ってる。でも、学校に行くと、もう身体に力が入らなくなって起きていられなくなっちゃうんだよ。見ていられないから、連れて帰ってきた」

学校にも、病院にも、カウンセラーにも、いろいろな相談をして、それでもどうしたらいいかわからないという。

「とりあえず、しばらく家にいるから、よかったら顔見にきてやって」

気持ちを立て直したらしいますみさんは、健気に笑顔をつくって家に入っていった。

「残念ながら、ここを卒業した子が都会の大きな高校でうまくやっていけるとは限りません」

中学校の先生が話していたのを思い出す。

「この学校の子は、友達のつくり方がわからないんです。ここにいると、みんなはじめから友達だから」

はじめから友達だなんて素敵なことじゃないか。だけど、それが仇《あだ》になることもあるんだ。なっちゃんが友達で苦労したとは思いたくない。クラスでも、下宿でも、部活にも、友達はいっぱいいると聞いていた。何がよくて、何がうまくいかないか、誰にもわからない。たぶん、本人にもわからないことってたくさんあるんだと思う。

九月某日　松葉杖

なっちゃんが松葉杖で歩いているところに出くわす。にっこり笑い、こんにちはー、と明るい声で。

「元気なんですよ」

なっちゃんは言う。

「ただちょっと歩けないだけで」

にこにこしている。動揺するこちらが恥ずかしくなるくらい。救われた気分になる。

九月某日　車椅子

役場で借りた車椅子が届き、なっちゃんがそれに乗る。いたたまれないような気持ちになるが、

「ちょっと遊びに行ってきます！」

なっちゃんは器用に車椅子を操って、元気よく小中学校へ出かけていった。

九月某日　また雨

むすめがお隣のしずくちゃんと楽しそうに下校してきた。

「コザメ！」

と濡れた髪をタオルで拭いているが、それは小雨。今日は一日じゅう雨だった。

九月某日　雪虫

大雪山系の山々で初冠雪があったそうだ。私たちの住むトムラウシの上辺にもすでに雪がある。

「雪虫が飛んでたよ！」

むすめが息を切らせて家に飛び込んできた。

「雪みたいに白くてふわふわしてすっごくきれい！」

雪虫が飛ぶと、それからひと月で雪が降るそうだ。

今朝は、子供たちが登校するときの気温がついに零度を下まわった。この寒さがいいんだよ、と言っていた夫がこっそりストーブをつけていた。

十月

まさかのシンデレラ

天空に覆いかぶさるような紅葉の道を歩いていると、不意に疑問が降ってくる。ここを離れても生きていけるだろうか。こんなに美しい場所を離れて、どうやって生きていくのだろう。

これまで、どこに住んでもこんなふうに感じたことはなかった。十八で福井から上京するときも、東京を出て、秋田や、新潟や、京都に住んだときも。どこも好きだった。またいつでも来ればいい、と思えた。でも、ここは違う。もっと強烈に惹きつけられている。離れる想像をするだけで、涙が出そうになる。

十月某日　紅葉と羆

集落上手の温泉は、今が紅葉の見ごろだ。ごうごうと川が流れる音が響いてくる。露天風呂のすぐ向こうに赤と黄色と緑の葉が重なりあって揺れる。今ここにいられる贅沢さを噛みしめる。

さて、この温泉は登山口に位置しているので、登山客も多い。ロビーのホワイトボードには、登山客が見た山の状況が書き込まれている。羆、熊、クマ、の文字多し。中に、「沢のあたりで道がぬかるんでいて、下山に時間がかかった。改善してください」と書いてあるのを見つける。か、改善って、ここは山だよ?

温泉の玄関を出ようとしていると、お客さんが「駐車場に熊がいます!」と飛込んできた。宿のツシマさんが「ああ、いますか。いますよねぇ」と答えて、お客さんも毒気を抜かれた様相だ。夏に目撃情報の多かった小熊より大きい個体のようだ。成長した同じ熊かもしれないけれど。とりあえず、私とむすめは駐車場に走る。向かいの崖の木が揺れているのが見えたが、個体は確認できなかった。あの木は熊が揺らしていたのだ、と興奮した感じの観光客が教えてくれる。ちぇっ。見たかったのは木じゃなくて熊なんだよぅ。ふりかえると、夫と息子ふたりが遠くでしっかりハイエースに乗ってこちらを見ていた。

十月某日　高校の説明会に行く

福井に戻るか、ここに残るか。どちらを選択するにしても、ここに高校はない。ここに残る場合、長男は帯広の高校へ行く可能性が高くなる。帯広なら、何かあったらすぐに会いに行ける距離だ。毎週末に帰ってくることもできるだろう。

息子と夫と三人で説明会に参加するために帯広に出る。中島みゆきや、吉田美和の出た高校だそうだ。気楽な気持ちでドリカムの歌を歌ったりしながら行く。

しかし、夥《おびただ》しい数の中学三年生が来ている。駐車場も満車。もうその時点で、萎《な》える。校門をくぐりながら、すでに山に帰りたい。世の中にはこんなに中学三年生がいたのか。普段はいったいどこに潜んでいるのだろう。

知らない中学三年生が何百人もいて気が遠くなりそうだったが、屈中から女の子が一人参加していて、ちょっとほっとする。天使みたいにかわいい女の子だが、勉強もできて、家は牧場で、牛を二〇〇〇頭飼っているという。行け、ヒロト（仮名）、お近づきになってこい！

などと思っているうちに説明会はお開きに。疲れた。久しく思い出さなかった「受験生」という言葉を何度も聞いて、疲れた。減らしたライフポイントの回復のため、六花亭《ろっかてい》本店へ。ホットケーキやワッフルやプリンなど可愛くておいしいものをたくさん食べて復活。さあ、山へ帰ろう。

十月某日　焚き火

どこからか落ち葉焚きのいい匂いがすると思っていたら、ますみさんが呼びにきた。

「庭でお茶飲まない？」

行ってみると、なっちゃんが車椅子にすわって、ブランケットにくるまって、にこにこしていた。焼き芋を焼いているらしい。暖かい日差し。おいしいお茶。遠くで鳥の鳴く声がして、のどかな、夢の中のような午後。胡桃の実がぼとぼと落ちる音がしている。

「またなづきとのこんなゆっくりした時間が帰ってくるとは思わなかった」

ますみさんが言うのを、なっちゃんが穏やかな顔で聞いている。

でも、しばらくすると身体が冷えてきたらしい。ベランダから家に入ろうとしてうまくいかず、なっちゃんが室内に倒れ込む。

「そうだ、テレビの時間だった」

なっちゃんの通えなくなった学校の、なっちゃんの通えなくなった部が全国大会に出て、それがテレビで放映されるという。

「一緒に観ますか？」

屈託なく誘われて、どうしようと思う。なっちゃんの気持ちがわからない。

十月某日　観楓会《かんぷう》

小中学校の校庭にみんなで集まって、紅葉を愛でる。本州でいう紅葉狩りだ。校庭にそれはそれは見事な楓があって、真っ赤な葉を天に向かって燃やすかのように立っている。とはいえ、みんなあんまり楓を見ていない。何をするかというと、バーベキューだ。町内総出で肉を焼く。しばらくは肉を見たくなくなるほどどんどん焼いて食べる。

なっちゃんも車椅子ながら人の輪に入ってにこにこと話している。大人も子供も自然に車椅子を押していて、地域の底力を感じる。でも、もしかすると、このやさしさあたたかさが裏目に出たのだろうか、と悪いほうへ考えてしまいそうで嫌になる。やさしくて、あたたかくて、いい。いいに決まってるよ。

十月某日　草食系男子について

バーベキューでジャージー牛を焼きながらいろんなことを話す。牧場をやっている国定さんが言う。

「おとなしい男の子のことを草食系男子とか言うけど、あれは草食動物のこと誤解してるんだよね」

どんな誤解だろうか。

「宮下さん、牛って草食動物だけどさ、すごいよ、発情期には危なくて近づけないくらいだよ」

牛というと、いつもはぐはぐ牧草を食べてのんびりおとなしいイメージなのに。

「あれは雌」

「えっ、牧草地に出てる牛って全部雌なの？」

「たいてい乳牛だよ。肉牛はあんまり放牧しないから」

乳牛は当然ながらみんな雌だ。雄は肉牛になる。そもそも私は、乳牛と肉牛が同じ種類の牛で、性別の違いだけだというのも知らなかった。

「肉牛って気性が荒いのよ」

少し混乱する。肉牛が肉食なわけではない。うん。肉として売られるけれども、食べるのは草だ。間違いなく草食だ。

「草食系の猛々しさ、すごいよ。見たら、草食系男子なんて言葉、絶対に使えないはず」

「そうなんだ……」

肉を食べつつ襟を正す。イメージだけで言葉を使っていないか。言葉に対する感受性みたいなものは、人それぞれ違う。環境によっても変わる。牛や、山や、森や、雪のこと。ここで暮らす以上、敬意を払って言葉にすべきものがあるとあらためて感じる。

十月某日　グラウンド納めと冬タイヤ

十月の半ばなのにグラウンドを納めてしまう。早いなあ。福井だったらまだ二か月近くは使えるのになあ。と思っていたら、夫がハイエースのタイヤをスタッドレスに交換していた。いくらなんでも早すぎるだろう。

ところが、翌日。朝六時の時点で三度あった外気温（家の前の温度計による）が、子供たちが登校する八時には一度しかない。早朝よりも気温が下がる現象は初体験だ。九時にとうとう零度になったかと思ったら、雪が降りはじめた。折しも、台風が来ていた。集落は山に守られて下界ほど風がないが、麓はすごいことになっているらしい。なぜか雪も麓のほうが多くて、あっというまに二十センチ以上積もったという。麓から集落へ上ってくる道に何十本もの倒木があり、通行止めに。

木というのは、葉を落として雪に備えるもので、落葉する前の木の枝に大雪が積もってしまえば、重みに耐えられない。それで大量の倒木になったらしい。

夕方には気温は氷点下に。さらに、トムラウシの学校周辺の集落を挟んで、麓の町と、上手の温泉が停電したと連絡がまわってきた。この気温で停電したら厳しい。ストーブもつかない。部屋の中まであっというまに氷点下だ。

急いでごはんを食べて、懐中電灯とカイロをたくさん用意して、子供たちと四人でひとつの部屋に集まって早々に蒲団に入る。朝早く都会に仕事に出かけてしまった夫が、夜になって「帯広も雪だよー」とのんきなラインを送ってきてムッとする。

十月某日　雪の翌日

朝起きたら氷点下四度。どうやら停電は回避された模様。道は復旧していないので、陸の孤島状態は続く。ああ、今日は生協殿の日だったのに。給食の調理員さんたちも上ってこられないので、お弁当に。でも、雪はもう、うっすらとしか残っていない。

閉まっていたゲートが正午に解除になった。麓から通っている先生たちが続々と上ってきて、トムラウシがまたにぎやかになる。昨日の帰りに、すでに道が封鎖されている中を、先生たちが力を合わせ、鋸《のこぎり》やロープを使ってなんとか車を通したという武勇伝が広がる。倒木を支えて車を通しながら、「俺のことはいいから、早く行けーっ！」と叫ぶＡＬＴ（外国語指導助手）のジェームズ先生の勇姿の画像もすぐに学級通信に載せられて家々に拡散された。

十月某日　学芸会の準備

先月から慌ただしくなってきてはいたけれど、今月に入ったら大わらわだ。月末に学芸会がある。後期最大のイベントだ。二週間前からは学芸会特別時間割が組まれ、毎日練習になる。

ときどき不思議に思うのだが、町の小中学校では、どうしていたんだろう。たとえば、こちらの小中学生が毎日学芸会に時間を使っている間、もしくは、釣りに行ったり、パークゴルフをしたりしている時間、町では何をやっているんだったっけ。文科省で決められている授業時間数は日本全国同じはずだ。こんなふうに時間を使ってだいじょうぶだったんだなあ。準備のために朝早く学校へ駆けていく彼らはとても楽しそうだ。

十月某日　学芸会（母の部1）

出場するのは子供たちだけじゃない。ＰＴＡ（校長・教頭先生と父親たち）、青年部（若手の先生と地域の若者たち）、母の部（女性の先生と母親たち）、それぞれが出し物をする。

過去の記録を見せてもらって驚いた。真剣と書いてマジと読むんだったかガチと読むんだったか。ＰＴＡは毎年脚本から書き下ろして劇をする。母の部も、劇、コント、歌、ダンスなど趣向を凝らす。大道具、小道具にも凝る。コントの写真を見たら、蛾の役のおかあさんの産卵シーンがあった。これはハードだ。ゴーヤ役のおかあさんは顔を緑に塗りたくっていて、ここまでするのかと戦慄した。できればゴーヤ役は避けたい。蛾役も避けたい。

今年は歌って踊って変身する、豪華なシンデレラをやることになった。ほっ。シンデレラならゴーヤも蛾も出てこないだろう。と思っていたら、なんと宮下、まさかのシンデレラ役に抜擢されてしまった。言えない。家族には絶対に言えない。むしろ、ゴーヤのほうがよかった。

十月某日　まさか

長男が連日遅くまで書きものをしている。まさか勉強しているわけではないだろうと思ったが、やはり勉強しているわけではなかった。学芸会で中学生が劇をする、その脚本を書いているのだった。

十月某日　やはり

長男が連日遅くまで書きものをしている。まさか勉強しているわけではないだろうと思ったが、やはり勉強しているわけではなかった。学芸会で小中学生が合奏をする、そのピアノ譜面を起こしているのだった。

十月某日　町内中学生意見発表大会

町の中学校で意見発表大会が開かれた。新得町にある三つの中学校から選ばれた代表七名が壇上で意見を発表する大会だ。持ち時間はひとり五分。大きな講堂の隅に、うちの中学校の五人が借りもののようにちょこんとすわっていてかわいらしい。

発表を聞いていて、ああ、三十年前と何も変わらないんだなと思う。私が中学生だった頃の福井でも、似たような、中学生の主張大会というのがあって、たしかにこんな感じだった。欺瞞《ぎまん》に満ちている。意味なく盛り上げている。七名でよかった。これ以上聞いていたら耐えられなかった。

最優秀の一名だけが十勝大会に進めるという。完全に様式を外していた長男が選ばれないのはわかっていたが、該当者なしが正解だろうと思った。ほんとうに伝えたいことが何も伝わってこなかった。

後ろの席から、指導の先生らしき人が話しているのが聞こえる。「宮下くんはよかったけど、あれは意見発表じゃないな」。なんだそりゃ？　審査員の「宮下くんは、内容はよかったが、態度がよくなかった」という声も聞こえてきた。うわー、つまんないこと言うんだなー。彼の態度はほめられたものではなかったが、常識の範囲内だった。意見を聞く大会じゃないのか。いったい何の審査なんだ？

まずは、病気ネタ禁止、震災ネタ禁止、過剰演技禁止。そうしなければ、この大会はつまらないままだろう。わざわざ人前で発表するほどの意見を日常生活から拾うのは難しい。不運や不幸から切り取るほうがずっと簡単だ。だけど、それらをネタとして安易に使うことを中学生に許してはいけない。最低限の矜持《きょうじ》ではないか。こんなもんでいいのか、と世間をなめるようになってしまったら、彼ら自身の不幸だと思う。

十月某日　練習試合

むすめが隣町までバドミントンの練習試合に行くことになった。

「強い子とあたったらいやだなぁ」

心配そうなので、

「弱い子とあたってもしようがないじゃない。強い子と試合をしてこそ、強くなれるんだよ」

正論で励ますと、

「でも、いいの。きなこ（仮名）は、弱い子とあたって勝てたらうれしいの」

と言った。ぐうの音も出ない。うれしいの、というひとことは真理だと思った。

十月某日　奇跡

ドアのチャイムが鳴って出ると、ますみさんが爆発しそうな笑顔で立っていた。

「見て」

外へ出てみると、なっちゃんだった。立っている。車椅子じゃない。松葉杖もない。なっちゃんが立って歩いている。

「うわー！　なっちゃん！」

驚いて駆け寄る。

「歩けるようになったんです！」

「なんで、どうして、おめでとう！」

うれしくて、涙が出た。なっちゃんもますみさんも泣いていた。

「学校、変わろうかって話になって。町の高校に転校しようって決めたら、急に身体に力が入ったんです」

だって、なっちゃん、帯広の高校、好きだって言ってた。辞めたくないって、行きたいってずっと言ってた。

「自分でもわからないんです。でも、転校してもいいかなって思った途端、歩けるようになっちゃって」

なっちゃんはうれしそうにスキップをしてみせる。

「やだ、無理しないで、スキップはまだやめて」

あわてて止める。

「これから、学校に報告に行ってきますね」

小中学校まで、ますみさんと歩いて出かけていった。みんな心配していたから、驚いて、よろこぶだろう。きっと泣くだろう。先生や子供たちの、歓声も、涙も、見えるようだった。

心ってわからない。なっちゃんは嘘をついていない。ほんとうに自分の心と身体のことがわからなかったんだろう。私にもわからない。息子やむすめのことも、きっとわからない部分がいっぱいあるのだと思う。わかるふりをしたり、わかったつもりになったりするよりいい。少なくとも、わからないことがある、とわかってよかった。

十月某日　学芸会（母の部2）

すごくおもしろい台本が上がってきた。母の部部長のますみさん作だ。メンバーみんなでシンデレラの衣装をチクチク縫ったり、小道具をつくったり。母の部、レベル高すぎ。みんなすごい。ほんとにすごい。まさかこんなに本格的な衣装まで手づくりしてしまうとは。

音楽劇なのでピアノ伴奏者がいるが、これもすごかった。牛が好きで、いつも牛のそばにいられるよう牧場の跡取りと結婚する夢を抱いたというかなちゃんは、二十歳で北海道へ来て野望を叶えた人だ。牧場の跡取り幸太さんと結婚して、今は四人の子供たちの母になった。楽譜通りだと高すぎて歌えない、とかなちゃんに告白したら、すぐに一音下げて弾いてくれた。ピアノで「一音下げる」というのがどれだけむずかしいか。フラットで黒鍵だらけの譜面になるはずなのに。

しかし、まずい。楽しい脚本、きれいな衣装、音楽隊の見事なハーモニー、それなのにシンデレラに芸がなさすぎる。

十月某日　福井銘菓

実家の父母から届いた荷物の中に、福井銘菓羽二重餅《はぶたえもち》が入っていた。

「うわーい」

歓声を上げる子供たち。

「羽二重餅があるってことが、福井に住んでてよかったことのひとつだよね」

長男が言って、弟と妹がうんうんうなずいている。そこまで羽二重餅の株って高かったのか。

「でも、ぶっちゃけ信玄餅もよかったよね」

「うん」

「梅ヶ枝餅も」

「うんうん」

「生八ツ橋もいいね」

「うんうんうん」

おいしければなんでもよかったらしい。

十月某日　学芸会（合唱）

小中学校の全校合唱は、指揮を長男が、ピアノ伴奏を次男ボギーが担当するという。長男は前にいた中学で、一年、二年と続けて合唱コンクールでピアノ伴奏をした。今年もやりたかったらしいが、めずらしくボギーが譲らなかった。ピアノをやりたいのか、指揮をやりたくないのか。音楽の先生としては、どちらが弾いてもかまわなかったんだと思う。ただ、きれいな声で揃えたい合唱に、男子ふたりの低い声を混ぜたくなかった。それで彼らを指揮とピアノにまわした、と見た。ボギーは夏まで天使のような声を持っていたが、急に声が低くなってきた。背も伸びている。成長期に入ったのだ。そして今は、親の仇《かたき》のようにピアノを練習している。

十月某日　学芸会（合奏）

長男が合奏曲のピアノを弾いていると、いいところで必ずリコーダーの「ほえ〜」という音が聞こえてくるという。ボギーはアコーディオンに必死なのだが、その「ほえ〜」には気づいていたらしい。それほどその「ほえ〜」には破壊力がある、などとふたりが話しているところにむすめが加わった。

「なになに、なんの話？」

「きなこ（仮名）ってリコーダーだっけ、サビのいいところでほえ〜って鳴る音聞こえない？」

「うん？　どこどこ？」

にこにこと吹いてみせるきなこ（仮名）。すると、たしかに一番盛り上がるところで、ほえ〜と鳴った。

「お、おまえだったのか！」

兄ふたりの声が重なった。

十月某日　学芸会（母の部3）

母の部みんなで集まって練習をする。二時間のはずが、予定時間を大幅にオーバー。

十月某日　学芸会（母の部4）

母の部みんなで集まって練習をする。二時間のはずが、予定時間を大幅にオーバー。

十月某日　学芸会（母の部5）

母の部みんなで集まって練習をする。二時間のはずが、予定時間を大幅にオーバー。

以降、割愛するが、全部で十一回集まった。ほか、それぞれが持ち帰って、衣装をつくったり、小道具をつくったり。

十月某日　繁忙期

なんだか異常に忙しい。睡眠を削ってもぜんぜん時間が足りない。連日の学芸会の練習のせいかと思ったがそれだけじゃない。数えてみたら、今月の締切は十二個もあった。ばかじゃないか、私。どうして今月に限って十二個も入れてしまったんだろう。おまけに、新刊が出た。今年出る単行本はこの一冊だけなのに、どうしてよりによって今月なのか。販促のサイン本づくりは大変にありがたくてうれしい仕事のはずだが、泣きながら書く。こんなときなのに、サインの横に入れるひとことを全部変えようとしていて、また泣ける。やっぱりばかなのだ。このサイン本を受け取ってくれた読者の方は、まさか著者がこんな山の中で夜なべをして泣きながらサインを書いているとは思わないだろうな。新刊は『はじめからその話をすればよかった』と言います。どうぞよろしくお願いします。

十月某日　学芸会の朝

いかん。寝坊した。学芸会のときは、町内総出でお昼を食べる。お弁当をお重に詰めていって、みんなにまわすのだ。運動会のときと同じだ。お正月か！　っていうくらいみんなおかずをつくってきて、それがどんどんまわってくる。それなのに、寝坊した。ちょう焦る。昨夜、シンデレラなんだからせめてパックくらいしなくてはと思っていたのにそれすらできずに明け方まで原稿を書いていたせいだ。

結局、ものすごく普通のおかずを大慌てでつくって詰めて家を飛び出る。お隣の純子さんは四時半起きでも間に合わなくてお化粧もできずに来たという。その時間、まだ原稿書いてたなぁ、と思ったが黙っていた。ごめん、みんな。

十月某日　学芸会本番！

小中学生十五人、みんな大活躍だった。合唱も、合奏も、学習発表も、ダンスも、劇も、ほんとうによくやっていた。

わが子はもちろん、小中学校の子供たちのことをこれまでもよく見てきたつもりだったけれど、今日だけでずいぶん発見があった。意外な特技を知ったり、素晴らしいところやかわいらしいところを目《ま》の当たりにしたり。ほんとうにどの子もぴかぴか光って見えた。

贔屓目《ひいきめ》かもしれないが、中学生の劇がとてもよくできていたと思う。何から何まで自分たちでつくりあげた劇だということだけでなく、びっくりするほどおもしろかったのだ。場内は何度も爆笑の渦に包まれていた。特に小学生たちが大よろこび。女子三人、男子二人だけで、よくぞここまで、と思う。脚本も、演出も、演技も、ずいぶんがんばっていた。

でもね、シンデレラもがんばった。めちゃめちゃがんばった。なにしろコスプレだ。みんながつくってくれた衣装を無駄にしちゃいけない。ダサいジャージにぐるぐるメガネの女子中学生姿（子供たちにウケた。よかった！）から、シンデレラに変身するのだ。サテンのドレスを着て、ガラスの靴をはき、金髪にティアラ。早変わり、すげーがんばったよ！　独唱も、ダンスも、がんばったよ!!

学芸会後、夫がシンデレラの写真を一枚も撮っていなかったことが判明。信じられない。撮るだろう、普通。シャッターチャンスは何百回もあったはずなのだ。もう一度言う。信じられない。

十一月

子供がつないでくれている

今年はどうやら暖冬らしい。

去年の今頃にはすっかり雪景色だったと聞く。今年はまだだ。雪は降っても根雪にはならない。雪を待ち望む子供たちが恨めしそうに空を見る。

とはいえ、朝晩は氷点下十度になる。あ、今日は少し暖かいな、と思って家の前の温度計を見ると氷点下三度。やっぱり暖かい……と思ってからぶるぶる首を振る。福井では、真冬の一番寒い日でも昼間にマイナス三度になることなんてほとんどなかった。光の速さで十勝の山の寒さに慣れていく。

十一月某日　新聞は郵便で

基本的にこの地域の新聞は郵便で届く。一日遅れで（土日祝日を挟むと三日分がいっぺんに）届くのはまだしも、毎日八十円切手を貼って届けられる、その切手代も購読者持ちだ。通常の新聞代プラス八十円×日数分の代金を余分に支払わなければならない。ここで新聞を購読すると、通常の倍近い金額がかかるのだ。

「校長先生って新聞取ってるんだって」

むすめが言う。

「セレブだね！」

たしかにここで新聞購読するのは偉いお金持ちだと言ったかもしれないが、それは勢い余ってのことで、人前で大きな声で言うのはやめてほしいところ。

十一月某日　感激の本屋さん

麓の町の本屋さん（兼文房具屋さん兼酒屋さん）に『はじめからその話をすればよかった』が一冊入荷しているとの情報を受け、売れ残っては申し訳ないとさっそく買いに走る。しかし、ない。この本屋さんに自分の本を置いてもらえたらどんなにうれしいだろうかと妄想したのに、ない。

実は、すでに売れていた。売れていたのだ！　どなたか存じませんが、新得の相馬商店さんで『はじめからその話をすればよかった』を買ってくださった方、どうもありがとうございました。

十一月某日　講演会

ついにこの日。千歳市立図書館にて北大路公子さんとふたりで講演する日がやってきた。おかしいな、ずっと先の話だと思ってたんだけど。

ＪＲ北海道の特急は、夏の事故以来、ちょうどいい時間の特急が運休になったままなので、ハイエースに乗っていく。腕時計を忘れたことに、車の中で気づく。これ使っていいよ、とむすめが方位磁針を貸してくれた。むー、微妙にできるやつ。

山を出るとき家の前の道は凍っていたのに、高速を走るうちに和やかな景色に変わっていく。なあに？　下界じゃまだ紅葉なんてやってるの？　ちょっと遅れてるんじゃなくて？　ほほ。

千歳は汗ばむような陽気で、完全にアウェー感。コートを脱ぎ、カーディガンも脱ぎ、みやしたははんそでになった。レベルが1上がった。

開場後、図書館の方が、「もう満席です！」と知らせてくださる。よかった。

「えっ、満席？」

北大路さんが落ち着かない様子でうろうろしている。かわいい。かわいすぎる。開演五分前には「うまくいくのかなあ？」と、まるでうまくいくわけがないと言わんばかりに私を見る。いよいよ二分前、控室から出るというときになって、「ああ、なんでこんなことになっちゃったんだろ」とつぶやいているのが聞こえた。思わず笑う。こんなに往生際の悪い人って初めて見た。

講演は、始まってみると、予想以上にアウェー感でいっぱい。みんな北大路さんのほうばかり見ている。それもそのはず、北大路さんの話は異常におもしろい。思わず聞き惚れてしまう。開演前の落ち着きのなさは何だったの。騙された感まんまんだ。やっぱり北大路公子独演会にすべきだった。

でも、お会いしたかった方々に会えたので、すごくよかった。司会進行を引き受けてくれたちづさん、ありがとう。東京からこっそり来てくれた編集者もいたよね。

おいしいお菓子や、手編みの靴下までいただいたりしたのよね。みなさまほんとうにありがとうございました。みやしたのレベルはたぶん8ほど上がりました。

十一月某日　匂いを当てる

「このホットケーキ、なんかの匂いがする」

むすめが食べかけのホットケーキを残した。

「なんか、なんか、ヨウチョウみたいな」

ヨウチョウ……？　幼鳥だろうか。

「羊の腸の匂い」

羊腸。内臓系か。そういえば、小学生は体験授業で、山を下りたところにある牧場にソーセージづくりを習いにいったことがあった。羊の腸に挽肉と玉ねぎとハーブを詰めた手づくりソーセージをお土産に持って帰ってきてくれた。おいしかったよ。羊腸の匂いがわかるっていうのもなかなかいいよ。でも、うちのホットケーキに羊腸の匂いがするっていうのはちょっとやめてほしい。

十一月某日　ネット環境

この地区は、ネットの速い回線が来ていない。携帯からテザリングでネットにつなげるのだが、そもそも携帯の回線が遅い。時間帯や天気の状態によっては携帯の電波も届かないことがある。不便だけれど、数年前までは完全に圏外だったと聞けば、ずいぶん便利になったのだろう。

次男ボギーがパソコンの前で遅い回線に業を煮やしている。

「もっと熱くなれよ！」

パソコンを叱咤激励しているのだった。

「もっとできるはずだろ！　俺は信じてるよ」

それで通信速度が上がるのならいくらでも励まそう。家族でパソコンに向かって励まし続けるだろう。

十一月某日　夫の仕事

今日も夫は部屋でスキーウエアを着て本を読んでいる。もともと尋常ではない量の本を読む人だったが、こちらへ来て拍車がかかった。本読み屋さんという職業があれば儲かるのに。

十一月某日　面談

長男の三者面談。子供たちの三者面談に行けるなんてきっと最初で最後だから、と言って夫も来たので四者になる。よかった、来年からは働くつもりらしい。

志望校はすでに家族で話し合って決めていたので、今日はその確認だけのはずだった。一分で終わるはずだったのだ。しかし、まさかの展開。長男が、願書の提出は期限ぎりぎりまで待ってほしいと言い出した。

なぜ。どうして。——聞かなくても、隣にすわっている十四歳の心の揺らぎが伝わってきた。志望校というより、北海道に残るか、福井に帰るか、その選択を迫られている。もちろん、彼の気持ちは聞いている。その上で、家族で話し合った。結論を出したはずだった。この子はほんとうはまだ迷っていたのか。

長男を信頼してきた。マイペースで飄々としていて、親が言うのもなんだが、とてもやさしい子だ。信頼されているとわかっていて、家族の意向とずれる自分の気持ちを引っ込めてしまったのかもしれない。そう思ったら、涙が出た。ごめん。気づかなかった。担任のタナカ先生がティッシュを取って渡してくれた。

長引いた面談終了三分後、猛ダッシュでトレーニングウエアに着替えて部活に走っていく長男を見る。いや、志望校が決まったとしても、受験ってものがあってだな。

十一月某日　朝時間

久しぶりに福井のお母さん友達から電話があった。中三男子を持つ母友達である。彼《か》の地では、志望校を決める手掛かりとなる全県一斉学力診断テストがあったという。毎日の放課後に補習授業も始まったらしい。そうか。そうなのか。

とりあえず、長男に伝える。福井にいたら受けていたはずのテストと補習授業。こちらの暮らしは充実しているが、勉強に関してだけはスルーしていないか？　とくとくと話し終えると、長男が顔を上げた。明日は早く学校に行く、と言う。

「えっ」

こんな話ひとつで勉強する気になるとは思わなかった。話してみるものだなあ。

「朝練するから（バドミントン）」

「ええっ」

放課後の部活に加え、この期に及んで朝練までするつもりか。母の話をちゃんと聞いていたのかと尋ねると、

「ありがたいお話は辛抱強く最後まで聞かせていただきました」

と合掌された。彼はボギーの担任のイズミノ先生と組んで来月初めの町民バドミントン大会（ダブルス）に出るのだ。部活では、その次の週にある中学生新人戦大会（シングルス）に照準を合わせているから、ダブルスは朝早く学校に行って練習するしかないのだという。ああそうですかそうですか。

十一月某日　長男、学力テストを受ける

理科のテストの途中で眠ってしまったらしい。あきれ果てて、いっそすがすがしい気分だ。眠さのあまり頭が朦朧《もうろう》とし、解答欄の文字が蛇行していたそう。「星が動いているように見えるのはなぜか」というサービス問題に、「きらきら光っているから」と解答してあり、眠りから覚めて、慌てて消して書き直したらしい。七《なな》曲《ま》署《がり》なら「メルヘン」とあだなをつけられるところだったね。

十一月某日　十三歳

次男ボギー誕生日。十三歳になった。急に大きくなった気がする。むしろ昨日まで十二歳だったなんて嘘みたいだ。

この子は去年の誕生日、日付が変わった頃に寝室からねぼけまなこで起きてきて、「何か言うことは？」と聞いたのだ。寝ぼけてるんだなあと思い、「ほらほら、トイレはこっち、寝る部屋は向こう」と背中を押して連れていったら、「お誕生日おめでとうでしょう！」と言われたのだった。わざわざそのために目覚ましをかけて起きてきた小学生の用意周到さに驚いた。今年は日付が変わるのを注意して見ていたが、何事も起きなかった。成長したと思う。

ボギーの誕生日にはいつも彼が生まれた日のことを思い出す。陣痛だと訴えているのに、予定日より半月早かったせいか、まだ産まれないよと笑って取り合わなかった夫。いいから連れて行って！　と一喝して産院へ行ってすぐに産まれたこと。

その朝、シュークリームを焼こうと思い立って、カスタードクリームをつくって冷やしてあったのだが、五日入院し、実家に二週間ほど帰って、自宅に戻ってみたら、まだ冷蔵庫にそのままカスタードクリームがあってカビが生えていたこと。たぶん、これからもボギーの誕生日には毎年思い出すだろう。カビが生えたクリームは捨ててくれよな。

さて、今日はなんと学校でも誕生祝いをしてもらったという。午前中のうちに、中学生五人と先生たちでパフェをつくって冷蔵庫に入れておき、午後から体育館でみんなでバレーをして遊んだそうだ。その後、パフェパーティー。パフェにはアイスクリームも入っていたらしいが、ここではアイスクリームは非常に貴重なのだ。なにしろ店がない。山を下りて町のどこかでアイスクリームを入手したとしても、上ってくる間に溶けてしまう。ちゃんと冷凍用のクーラーボックスを用意して買いに行ってすぐに戻らなければならない。ささやかなことかもしれないが、ここでパフェにアイスクリームが入っているというのはすごくありがたいことなのだ。ボギーのために誰かが、と思うと目頭が熱くなるのである。

十一月某日　ご近所のこと

隣の純子さんと家の前で会って、「久しぶり！」と笑う。そんなに久しぶりじゃない。ただ、十月に学芸会があってしょっちゅう会っていたせいで、数日顔を見ないと久しぶり感が募るのだ。

ここは小中学校を中心に、地域の人が集まる機会がたびたびある。忙しいけど、楽しい。ずっとひとりで、あるいは家族とだけつきあっているより、人と関わりを持てるほうがいい。少なくとも私はそうだ。昔からここに住んでいる人、最近来た人、あるいは先生だとか、移住者だとか、山村留学生だとか、いろいろな立場で気持ちも違うだろう。年齢や、家族構成によっても変わると思う。ここに住んでいても、みんなでわいわいやりたいときもあるし、ひとりになりたいときもある。僻地だから助け合いが必要なのではないか、と言われれば、たしかにそれもあると思う。でも、それなら都会では地域の助け合いは要らないのか。そうではないだろう。都会でだってちょっとした知り合いが近所にいてくれることが心強かったり、実際に助けられたりすることがある。山の中だからこそ、プライベートはプライベートで死守したい部分もあるだろう。ときどきはつきあいが重くも感じられるかもしれない。でも、地域の人たちの顔と名前がわかって挨拶しあえて、年にいくつかの行事を共有できるのは、とても楽しいことだ。

「ここへ来てくれただけでいいんだよ」

そう言って笑ってくれる人たちに囲まれて、私たち家族はしあわせだ。でも、申し訳ない気持ちもつねにある。これまでに何年も何十年もかけて育ててきた町内会だ。飛び入りで参加させてもらって楽しいっていうのは、ちょっとお気楽だろう。子供に助けられている。子供がつないでくれている。子供たちがいるから、私たち家族はすんなりとここに交ぜてもらうことができた。いつか何かの形で恩返しをしたい、と思うけれど、具体的な方法をまだ思いつけずにいる。

十一月某日　小学校

富村牛小中学校で一番子供の数が多いのが、むすめの在籍している四年生学級だ。今年はたまたま三年生がいないので、四年生は四年生だけで一クラス。来年になったら、今度はひとつ上の学年と合体するので、六人のクラスになる。

「一クラスに六人もいたら、すっごくにぎやかになるね！」

子供たちが無邪気にはしゃぐのを複雑な思いで見る。

たとえば、毎年参加する新得町の陸上記録会で、今年は四年生は初めて四百メートルリレーに出場できた。四人でリレーするから、一学年に少なくとも四人いないと出場できないのだ。むすめが転入してきて、四年生が四人になった。もしもむすめが抜けたら、また個人種目にしか出られなくなる。

理想のクラス編成って、いったい何人ぐらいなんだろう。そんなことを考えてもしかたがないとわかってはいても、つい考えてしまう。今、十人の子供たちは、ひとりひとりがほんとうにかわいい。先生や地域の人の目が行き届いて、見守られている感がある。子供が安心して子供でいられる。学校で変に背伸びをする必要がない。たとえば、二十人になったら？　と考える。少し、変わるだろう。百人になったら？　だいぶ変わるだろう。十人が理想だとは言わない。だけど、ものすごくいい感じで学校が運営されているのは事実だ。

十一月某日　いきものがかりの目標

小学四年生のいきものがかりが素晴らしい。

今期の目標「笑顔で泳いでくれるような水槽にする」。

はっとさせられる視点がある。なかなか書ける目標ではない。私はいまだかつて笑顔の魚や亀を見たことがなかった。

十一月某日　一・二年生1

小学一・二年生クラスでは、金魚の餌の減り方が妙に早いらしい。ある日、隣のむすめのクラスにも一・二年生クラス担任のミドリ先生の大きな声が聞こえてきた。

「それを食べたら金魚になっちゃいますよ！」

しんたろうくんとたくやくんは、お腹が空くとおやつ代わりに金魚の餌を食べていたのだった。

十一月某日　一・二年生2

ミドリ先生「生まれた日を書いてください」
たくやくん「ぼく、生まれた日を知りません」
しんたろうくん・るいちゃん「十二月二十日でしょう」
たくやくん「それは誕生日」
しんたろうくん「誕生日って生まれた日のことかと思ってたよ」

十一月某日　十五歳

長男誕生日。よくこんなにのびのびと育ったものだと思う。のびのびしすぎていて、びっくりする。将来の希望の職業は、大家さんだそうだ。そんな棚からぼた餅的な心構えでなれるものなら私だってとっくになっているだろう。

ボギーに引き続き、学校でお祝いをしてもらったそう。ボギーのリクエストはパフェだったが、長男は、鍋。……鍋？　教室に卓上コンロを持ち込み、みんなでキムチ鍋をつくって十五歳を祝ってくれたそうだ。いろいろつっこみたいところだが、誕生日に免じて。

十一月某日　期末テスト

ここの中学校には、中間テストも期末テストもなかった。なにしろ中一は三人しかいない。さらに中二と中三はひとりずつしかいない。順位をつけてもしかたがないし、そもそも全員がじゅうぶんに理解していることがわかれば試験など必要ないのである。

という話だったのだが、突然、期末テストが行われることになった。初めての試みらしい。がっかりしているだろうと思いきや、意外と当の中学生たちには賛成意見が多いみたいだ。

「え？　うーん、ちょっと受けてみてもいいかなぁって」

「ねー」

「ねー」

あくまでも初々しくてかわいらしい女子中学生のんちゃん、ももちゃん、ななちゃんである。

ちなみに、うちの中学生ふたりも「いいんじゃない？」とのこと。君たちはなんにも考えてないから！　試験勉強ってものが必要なんだから！

十一月某日　かっこいい

家でおやつを食べながら、むすめがなにげない口調で言った。

「きなこ（仮名）、お兄ちゃんがいてよかった。かっこいいお兄ちゃんがいてよかった」

「ほうほう、君はなかなか見る目があるね」

ボギーが妹の頭を撫でる。えーと、ちょっと待って。ボギーなの？　かっこいいお兄ちゃんってボギーのことなの？

どうやら、小中学校合同の会議の席で、紛糾《ふんきゅう》する事態をボギーがとりなす場面があったらしい。かっこいいかどうかは別にして、妹としてはうれしかったんだろう。

十一月某日　音楽のテスト

期末テストの勉強をしているはずの息子たちの部屋からにぎやかな音楽が聞こえてくる。「ＧＯ！」などと小さく叫ぶ声も聞こえる。ＧＯってなんだ。確実に盛り上がってるじゃないか。音楽のテスト勉強だろうか。なんかうらやましいぞ。

十一月某日　ひと足早いクリスマス

家の裏手でトナカイのようなエゾシカに遭遇。霜が降りて、地面も、草も、木も、真っ白な粉砂糖をまぶしたよう。きらきら光ってまるでクリスマスだ。日が昇ると、淡い水色と白のパフェみたいな空に。そんなに寒くは感じないのに、外にいたらすぐに指が動かなくなった。

十一月某日　バドミントンレッスン

帯広まで車で出かける。むすめが小椋久美子《おぐらくみこ》のバドミントントーク&レッスンに参加できることになったのだ。オグシオのオグ、オリンピック出場ペアのきれいなほうの人だ（もうひとりは「かわいいほうの人」）。近くで見たら、ほんとにきれいだ。このきれいな人が全日本五連覇だなんて、かっこよすぎる。

むすめは直々にスマッシュを指導してもらっていた。観覧席からでもガチガチに固まっているのが見て取れる。終わってから、感激した様子でこちらへ駆けてきた。

「小寺さんの手にさわったよ！」

手にさわったのはわかる。小寺さんって誰だ。

十二月

じたばたと楽しむ

ようやく雪が五十センチほど積もった。それでも空は晴れる。真っ青に晴れる。いわゆる「十勝晴れ」だ。ただ、山に囲まれた地区なので三時過ぎには日が陰ってしまう。日が陰ると冷え込みが厳しい。不思議なことに、冷え込んだ夜には雪は降らない。むしろ、雪の朝は暖かい（といっても氷点下十度は下まわっている）。森にふわふわ舞う粉雪は、うっとりするほど幻想的だ。

十二月某日　かき氷

玄関のチャイムが鳴って出てみると、お隣のますみさんがメロンシロップを持って立っていた。

「ちょっと出てこない？」

新雪にシロップをかけてスプーンですくって食べると、どんなかき氷屋さんの氷よりおいしいのだという。反対隣のたくやくんもぶんぶんうなずいてスプーンを差し出した。雪を食べるってどうなの、と躊躇《ちゅうちょ》するも、断るに断れない状況に。できるだけ新しい、積もったばかりの真っ白な雪のふわふわをすくって、おそるおそる口に運ぶ。思わず目を瞠《みは》る。おいしい。ほんとうにおいしい。この山に降る雪は特別においしいのだとますみさんが胸を張る。

しばらくすると、たくやくんの口数が少なくなってきた。心なしか顔色も悪く、お腹を抱えるようにしている。寒いの？　と聞くと首を横に振る。お腹痛いの？　と聞いても首を横に振る。いつの時代も子供って一緒だ。寒くてお腹が痛くなっても雪で遊んでいたいのだ。しかし、ますみさんと私がいつまでも空に向かって口を開けたり、しゃくしゃくと氷を削ったりしているのにあきれたのか、自ら「僕、おうちに入るね」と帰っていってしまった。

十二月某日　車

氷点下十八度。車の窓が凍って、その文様が美しい。氷にも結晶のようなものがあることを初めて知った。しかし、窓の外側が凍るのは当然としても、内側まで氷結しているのはどうしたわけか。

ペットボトルを車内に残しておくと凍って破裂するというので気をつけていたが、ウエットティッシュが凍るのは盲点だった。開けて取り出そうとした瞬間にバリバリッと崩れた。

十二月某日　決定

決めなければいけない。もう、決めなければいけない。

そう思いながら、最終決定から目を背けてきた。

来年度もここで山村留学を続けるかどうか。現実的に考えると、予定通り、一年間で福井に戻ったほうがいい。一番大きな理由は、ここには高校がないこと。正確に言うなら、通える範囲に高校はない。高校に通う長男だけ離れて暮らす、という選択肢が、ありえるだろうか。

いや、ない。ないだろう。そう思うのに、どうしても決められない。ここを離れる気持ちになれない。こんなに深く地域の人たちと関わって生きることは今までなかった。どこででも暮らせる、と思っていた自分のなんと傲慢だったことか。その土地を愛して、その土地のために少しでもできることをして、学校を支えて、子供たちを守って、助け合って、楽しんで、暮らしていく。一朝一夕にできることではない。私たち家族は、ここで暮らして、少しでも何かを返せただろうか。

でも、もうタイムリミットだった。来年度の山村留学生のためにも、意志をはっきりさせなければならない。北海道か福井、どちらかの高校に決めて、願書も出さなければならない。公立の高校は、全国でひとつしか受けられない。福井の公立高校を受験するのなら、北海道では受けないと誓約書を出さなければならないのだった。

家族で話し合う。何度も話し合う。

「じゃあ、帰ろう」

夫が言った。子供たちも神妙な顔をしていた。

「言わないで」

むすめが泣き顔になった。

「もう言わないで。帰るって考えないで暮らしたい。学校にも言わないで。帰るって思われたくない」

それは無理だ。帰ることを隠して暮らしていくことはできない。でも、むすめの気持ちも痛いほどわかった。

夫が学校に伝えに行く。その際に先生とも話し合って、しばらくの間、極秘にしてもらうことになった。まだ児童生徒たちには黙っていてほしい、と。無理だろうとは思う。ただ、帰る子としてではなく、ここの子として、できるだけ長く暮らしたいと願う気持ちは伝わったと思う。

十二月某日　中学・体育

中学生の体育はダンスか武道かの選択で今学期はダンスになったそう。全校生徒五人でＴＲＦを踊る。体育のカンノ先生をお手本に、ハッと気がつくと校長先生や養護のミヨシ先生も加わって一緒に踊っていたりするらしい。カンノ先生に「笑顔、笑顔～」と指導されるので、がんばって笑みを顔に貼りつかせて踊っていたら、「ボギー、その顔はやめて！」と当のカンノ先生に踊りながら注意されたそう（うなだれたボギー談）。

十二月某日　中学・音楽

中学生の音楽は合唱。女子三人がソプラノで、男子ふたりがテノール、ピアノなしのアカペラだ。曲は「心の旋律」。アニメ『ＴＡＲＩ ＴＡＲＩ』の挿入歌だというので、町に出たときにＤＶＤを借りてみる。いい歌だった。そしてなんと、アニメの中で歌っている合唱部も、女子三人に男子ふたりという構成なのだ！　ナイスな選択、カンノ先生！

ちなみに、音楽のカンノ先生は、前述の体育のカンノ先生でもある。でも実は本業は理科。音楽も体育も理科も教えるのだから相当忙しいと思うのに、いつも飄々として見える。部活のバドミントンのときは千九百九十円のラケットを使っている（のに強い）。小学校から大学までずっとバスケットボールの選手だった経歴と、春の赴任時に二十三歳だった若さと、溢れ出るエネルギーにより体育教師として抜擢されたらしい。音楽の担当にもなったのは、みんなでカラオケに行ったら一番歌がうまかったから、という衝撃の理由だった。

十二月某日　牛の手術

同級生かりんちゃんの家に遊びに行ってきたむすめが興奮した様子で、

「牛の手術見せてもらった！」

と言う。

「おちんちん取る手術だよ」

かりんちゃんの家は肉牛牧場だ。むすめが教えてもらったところによると、おちんちんがついていると肉が硬くなってしまうのだそうだ。

「失神することもあるんだって」

怖そうに言う。それは失神もするだろう。牛って大変だ。手術の後、排尿はどうするのだろう。

「ママ、違うよ、牛はだいじょうぶなんだって。見てる人間が失神しちゃうんだって」

その後、おちんちんではなく、たまを取るのだと判明。そうだよね。なんかおかしいと思ったよ。

「きなこ（仮名）、女でよかった」

そこは、牛でなくてよかった、というほうが若干近い気がした。

十二月某日　犬橇《いぬぞり》

同級生みぃちゃんの家に遊びにいってきたむすめ、犬橇に乗せてもらったという。飼い犬であるゴールデンレトリバーのユキに、雪遊び用の青いプラスチックの橇を引かせるらしい。猟犬として鍛えられたユキはとてもパワフルな子なので、十歳女児を乗せた橇などものともしないようだ。

「ジェットコースターみたいにスピードが出るんだよ！」

「ああ、いいなあ、ママも乗りたかったなあ」

しかし、にこにこ笑っているむすめの顔は傷だらけだ。橇から何度も転げ落ち、一度はみぃちゃんのお父さんが投げた木切れが灌木のほうへ入ってしまい、それを全速力でユキが追いかけたものだから、橇も猛スピードで灌木へ突っ込んだという。顔中に擦り傷をつくって、おでこには棘《とげ》も刺さっていた。あはは。やっぱりママ乗らなくてよかったわ。

十二月某日　流浪の受験生

全道共通の中三学力テストが行われる。第一回は、富村牛中学校の教室でひとりで受けた。第二回は山を下りて、屈中で一緒に受けさせてもらった。受験のときは大勢で一斉に受ける。いつも山の中の中学校でのほほんと過ごしている長男が本番で気後れしないようにとの先生方の配慮らしい。今回は、さらに離れた町の中心部にある新得中学校まで行く。単に新得中が受験会場になっているということではなく、新得中の生徒たちの中にひとりで交ぜてもらうのだ。着いたら自己紹介をさせてもらってからテストを受けるらしい。流しの受験生だ。神経質な子だったら、その状況に負けてしまいそうだ。と思ったが、うちの受験生の心配事は、給食みたいだ。突然交ぜてもらって、和やかに給食を食べられるだろうか、おかわりはできるのだろうか。そこかい。

十二月某日　プリンタ

家の電話兼ファクス兼プリンタはすぐに紙詰まりを起こす。印刷する枚数より詰まる枚数のほうがはるかに多い。修理に出したいが、出している間の電話はどうする。町中ならいいが、携帯がつながる保証もないこんな山の中で電話が使えないのは、いざというときに命取りだ。でも、印刷はしたい。どうする。どうする。

福井新聞社の購読者用の月刊誌「ｆｕ」にエッセイを連載している。そこに急ぎの書類提出が必要になった。

宮下「プリンタが壊れたようです。もう紙は詰まっていないのに用紙を取り除いてくださいと言われます。幻肢痛みたいなものでしょうか。私に直せるのでしょうか」

担当者「そうですか。幻の紙を取り除くなんて、それは心理療法の領域かもしれません。プリンタは代替わりすべきときかと思います」

修理じゃなく、買い替えか。なるほど。町へ出て、思い切って買い替えることにする。

　ふんふん鼻歌を歌いながら年賀状を印刷しているときに、福井新聞社への書類を出していなかったことを思い出す。

十二月某日　中学生バドミントン大会

開会式の後、それぞれの中学ごとに円陣を組んで気炎を上げている体育館の真ん中で、ボギーはぽつんとひとりで所在なさげに立っていた。兄が公式戦に出られなくなった今、男子部員はひとりだ。男子と女子とでは大会の会場が違うから、コートでの味方は副顧問のカンノ先生だけ。ちょっとふびんだったので、試合中に大きな声で応援したら後で本人から厳重注意された。恥ずかしいお年頃なのを忘れていた。

十二月某日　授業参観

ここの授業参観はいつも楽しい。全員が顔見知りだということももちろん大きな要因だけど、先生たちの授業自体が楽しいのだ。極端に人数の少ないクラスで授業をするのは、やっぱり大変なのだと思う。反応がダイレクトに返ってくるぶん、退屈な授業をするわけにはいかない。子供たちも、自分たちの理解度や興味の持ち方で授業の進み方が変わっていくのだから張りあいがあるだろう。

保護者だけでなく地域の人も観にきて、いろんな教室をまわる。気に入った教室では椅子にすわってずっと観ていく人もいる。複式学級なので、ひとつのクラスの中でひとりの先生が難易度の異なる授業をする技を見るのも楽しい。

授業参観の後、ランチルームで全体懇談会。そこへ突然、中学生たちが乱入してきた。お揃いのトムラウシTシャツを着て、ランチルームの配膳台の前に一列に並ぶ。そして、歌いはじめた。「心の旋律」。カンノ先生も入って六人での合唱だ。ひとりひとりの声がまっすぐ胸に届く。不覚にも、泣けてしまう。中学生たちの合唱って、どうしてこんなに心を打つんだろう。初々しくて、一所懸命で。不意打ちされて、まいった。

その後、クラスごとの懇談会があり、終了後は茶話会。全職員と保護者がランチルームに集まって、いろんなことを話す。校長先生が手打ちの蕎麦をふるまってくださった。

十二月某日　なんとなく憤る

そんなところで暮らしているとネタが増えていいですね、というようなことを東京の人に言われる。

「何のネタですか？」

とぼけて聞き返す。

「小説やエッセイのネタです。事欠かないでしょう」

ネタという言い方もよくわからないが、なんというか根本から間違っている気がする。小説やエッセイのために人生があるわけではないのだ。

田舎の人は素朴でいいでしょう、などとも言う。田舎の人は素朴か。そうだとも言えるし、そうではないとも言える。人によってだ。当たり前の話だ。都会の人はみんな冷たいか。みんなせかせかと忙《せわ》しなくていつも疲れているのか。そういう人も多いかもしれないが、そうでない人もいる。田舎の人は素朴でいい、などと簡単に言える人の頭の中のほうがよっぽど素朴だと思う。

「よかったら、来て、確かめてみませんか」

礼儀として、誘ってみる。そういう人は、すぐに断る。なぜか寒さや雪を否定的なものとしてとらえている。楽しいのにね。

それから、最寄りのスーパーまで車で三十分以上かかるというのも信じられないらしい。でも、都会なら通勤に三十分以上かかる人がたくさんいるだろう。会社には毎日通わなくてはならないが、買い物はたまに行けば済む。それなのに、スーパーまで三十分かかることを不便に思うというのは、ちょっと頭が固い気がする。

十二月某日　視力検査

冬休みを前に、視力検査を含めた身体測定が行われるという。

「視力検査が嫌いなの」

むすめが厳かに告白する。

「ナスを食べるか、視力検査を受けるか、って言われたらナスを食べるくらい」

よくわからないが、相当嫌いらしい。

「ナスと、キノコと、エビを合わせて食べるか、視力検査を受けるか、って言われても食べるくらい」

そう言っていたが、しばらくするとこっそり傍に寄ってきて、

「やっぱり食べるのは無理。視力検査受けるほうがまし」

と正直に申告していた。

十二月某日　スケートリンク

十勝の冬は気温はかなり低いが、雪は多くない。十勝管内の小中学校の冬の体育といえば、スキーではなくスケートだ。ただし、ここは十勝で唯一の特別豪雪地帯であり、さらに集落は山を少し上ったところにある。当然スキーがメインになる。スキー教室が開かれ、みんなでスキー場へ出かけたりもする。

ところが、今年赴任してきたタクヤ先生はアイスホッケーの名選手だった。初めて校庭にスケートリンクをつくることになった。

先生と子供たち、それに一部の有志が集まって、積もっていた雪をみしみしと平らに踏み固める。そこにホースで水を撒《ま》く。翌朝にはつるつるの氷が張っている。また雪が降る。踏み固める。水を撒く。凍る。これを繰り返すと立派なリンクができあがるそうだ。子どもたちのための、手づくりリンク。ここで滑れたら楽しいだろう。

冬休みの目標を全児童生徒が発表するのを聞いた。長男は、「冬休みはスキーやスケートで滑って滑って滑りまくって受験に備えようと思います」と宣言していた。思う存分滑っておけば受験ではだいじょうぶ、という意味だったのかもしれないが、普通に聞くとそうは思えなかった。だいじょうぶだろうか。

十二月某日　防寒

外を歩くと、耳なし芳一の気持ちがわかる。防寒しそびれた場所が集中攻撃でやられる。今夜は顔が手薄だった。頬と鼻が冷えてちぎれそうだ。マフラーで顔をぐるぐる巻きにするとだいぶましだけど、息が苦しくて、ぐはぁっとなる。目だけを出して歩いていったら、急に視界が白くなった。あっ、パニック障害か、と焦ったけど、様子が違う。元気ではあるのだ。なんだろう、とまばたきをして気づく。これ、コンタクトが凍ってるんだ。慎重に目だけを開けて、まばたきが少なかったたから、コンタクトが凍っちゃったんだ。目元をさわると、まつげもばりばりに凍っていた。折れたら大変。悲惨な顔になるだろう。焦るな。あわてるな。とりあえず、まばたきだけは多めにして、こわごわ家に戻る。ゆっくりと部屋の温度でまつげを溶かした。

十二月某日　クリスマス集会

子供たちが何日も前から周到に準備していたクリスマス集会。構成を考え、進行を決め、クイズをつくり、ゲームを思案し、チームを分け、紙芝居をつくり、お知らせを書き、精いっぱいの工夫を凝らしていた。

しかし、集会の後、若手の先生たちがバンドで歌を披露したらしい。たった一曲、「小さな恋のうた」。

子供たちは生演奏にキャーキャー大よろこび。

「あの一曲に全部持っていかれた」

実行委員長だったボギーは肩を落としていた。大人が本気を出したら敵わないんだなあ、と。かっこいい大人がそばにいてくれて、ほんとによかったと思う。

十二月某日　クリスマス給食

調理員さんたちがいつもより早くから給食室に入って、腕によりをかけてつくる、ちょっと早めのクリスマスのスペシャル給食。噂には聞いていた。午前中の休み時間にむすめがこっそり覗いたら、生クリームを泡立てていたそう。高まる期待。

「そのあとは給食のことばっかり考えて、授業はぜんぜんわかんなかった」

と、むすめ。

ランチタイムには、豪華な献立に大きな歓声が上がったらしい。朝早くから調理室でケーキを焼いてくれるなんて、なんてすてきな調理員さんたちだろう。ここの子供たちはなんてしあわせなんだろう。

十二月某日　冬休み

十勝では、なぜか小学生と中学生の冬休み期間がずれている。小学生の三学期は一月二十日から始まる。二十日だなんて、とっくに松の内も明け、成人の日も終わって、もう家でゴロゴロしてるのは飽き飽きだよぅ、って頃だ。中学生は少し早くて十五日からだが、冬休みに入るのも少し早い。十二月の二十日に終業式になる。

どちらも実質二十五日間だが、小中学生を持つ親としてはとんでもないことになるではないか。十二月二十日で中学生が冬休みに入り、一月二十日から小学生の新学期が始まる。つまり、まるまる一か月、小学生か中学生が家にいることになるのだ。十勝の親は誠に忍耐強いと思う。

富村牛小中学校は、ひとつの学校の中に小学校と中学校がある。校舎もひとつ。小学校に三つ、中学校は二つ、小さな教室が並んでいるだけのかわいい学校だ。冬休みも統一して、十二月の二十日が終業式、新学期は一月十五日からとしている。

さあ、いよいよ、冬休み。あっというまだ。ここへ来たときは春休みだったはずなのに、いつのまにかもう冬休み。一年前の今頃は、まだここへ来ることが決まっていないどころか、案さえ浮上していなかった。一年あればいろんなことができるものなのだなあ。

もう少しで季節が一巡してしまいそうなことには、心の底から恐怖と焦燥を覚える。ゆっくり過ぎてくれと願うばかりだが、時はもう止まらないのだろう。

十二月某日　慣れない

夫は少し浮世離れしているところがあると思う。出会って四半世紀を超えているが、いまだに、ええっ？　ということがしばしばある。

こちらへ来てしばらく彼はずっと戦後史を読んでいた。秋頃からは戦前・戦中の本を集中的に読んでいるようだ。それをまとめてレポートも書く。それだけなら無論かまわないのだが、ふたりでお昼ごはんを食べているときなどに、突然箸を止めて、聞いてきたりする。

「どうして日本はドイツと組むことになったと思う？」

サッカーか何かの話だろうと思ったら、第二次世界大戦の話だったりするのだ。妻は戸惑うでしょう！

十二月某日　買い物へ

山を下りて町に出る。暴風雪がぴたりと止んで、星がきれい。月がきれい。雪道から落ちたり転がったりした車を、三台も見る。

十二月某日　クリスマスプレゼント

長男はクリスマスにドストエフスキーをもらった。読みはじめたのは、『カラマーゾフの兄弟』（上）。午前中四時間の部活から帰って、シャワーを浴びて、お昼ご飯を食べたら、黙々と本を読む。ってうちのサンタは何を考えているのか。受験生にこの時期からカラマーゾフ上中下か。

十二月某日　忘年会

国定さんの家に招かれた。トムラウシに四軒ある牧場のうちのひとつだ。他の三軒と違って、肉牛の飼育ではなく、繁殖を主に行うそうで、黒毛和牛の母牛ばかり四十頭ほどがいるそうだ。

トムラウシの牧場の人たちは、地域を支える気概のある人たちばかりだ。みんなすごく働き者だし、子供たちをよく見てくれるし、バーベキューにも誘ってくれる。国定さんのところもたくさんの人が集まるんだろうと思った。

ところが、ドアを開けたら、誰もお客さんがいなかった。うちだけだった。テーブルの上にはたくさんのご馳走が並んでいて、国定家の夫婦と、十七歳と十五歳の兄妹、銀くんと、ひまわりちゃんがにこにこ笑って待っていてくれた。

「こんな山の中で、家族だけで忘年会もさびしいかと思って」

恭子さんがさばさばと明るい口調で言ってくれた。

こちらへ来て、ずいぶんおよばれする機会があった。牧場には何度も行かせてもらっているし、山村留学生たちの間では行ったり来たりしてお茶を飲んだりもする。子供たちはしょっちゅうそれぞれの友達の家に遊びに行くし、中学生たちは先生の家でゲームをさせてもらったりもした。でも、こんな年の瀬に家族全員で招いてもらえるとは思わなかった。

牛がいて、猫がいて、犬がいた。シンプルな家の中には家族の写真がいっぱい貼ってあった。音楽がかかっていて、暖かかった。料理は全部おいしくて、片っぱしからつくり方を教えてもらった。夫婦ふたりだけで牧場をやっているから、一年三百六十五日休みがない。どこかへ旅行したがった子供たちのために、庭にテントを張って泊まったりもしたそうだ。庭には手づくりの窯《かま》があって、そこでパンも焼くし、燻製もつくるという。銀くんとひまわりちゃんもよく働く。銀くんは釧路に、ひまわりちゃんは帯広に進学しているが、帰省すると家事はふたりで全部こなすそう。冬休みで久しぶりに帰ってきているのに、ぜんぜん迷惑そうじゃない。うちの子供たちとジョジョの話やデュエルモンスターズの話やバドミントンの話をして、楽しそうに笑っていた。

しあわせって、たぶんいくつも形があるんだろう。大きかったり、丸かったり、ぴかぴか光っていたり。いびつだったり、変わった色をしていたりもするかもしれない。そういうのをそのまんまで楽しめるといいとつくづく思った。

獣医の恭子さんが出かけようとすると母牛が産気づいて結局出かけられない、なんて話を聞きながら、家を建ててしばらくは井戸水が濁って濾過《ろか》して飲んでいた、なんて話も聞きながら、ここに間違いなくしあわせのひとつの形があるなあ、と思う。私も、人を家に招くことのできる人になろう。凍てつく夜、心に決める。暖かい、しあわせな夜だった。

十二月某日　除夜祭

大晦日《おおみそか》に、トムラウシ神社で除夜祭があるという。年越しの行事だ。午後十一時半から、山の中の小さな祠《ほこら》の前に集合らしい。ぞくぞくするほど寒いだろう。凍えた顔がぴきぴき引き攣《つ》れるだろう。

「どうしてお正月には神社でお酒とスルメを配るの？」

むすめに聞かれて、初めて、神社でなまぐさいスルメを配る理不尽に気づく。

「スルメのように長生きしますように、ってことだよ」

夫が答える。むすめが眉をひそめる。

「スルメって長生きなの？」

それ以前に、スルメは生きものか？　という問題があると思う。

「噛めば噛むほど味が出るように、ってことかな」

夫が再び答える。もちろんむすめは首を傾げている。

十二月末日　大晦日

午後七時過ぎ、満を持してテレビの前に家族全員ですわる。当たり前のように紅白を観ようとしてから、チャンネルをいくら回しても紅白をやっていないことに気づく。テレビ番組欄を確認。なぜに地上波。やっていないのではなく、映らないのだ。いやそんなことはどうでもいい。映らないということは、やっていないのだ。

そうだ、今年はやっていないのだ！

半ば意地になって、家族でＤＶＤ『ＴＡＲＩ　ＴＡＲＩ』を観る。窓の外には雪がしんしんと降り、思い出深い一年の最後の日が更けていく――。

一月

一年間だけ、いつもひとり

今年は雪が少ない。降りはじめたのは早くて、そのせいで山にはずいぶん倒木もあったのに。

福井だと、寒い寒いと言っているうちに雪になるのが常だったが、ここ十勝では、なんだか暖かいなぁと思っていると雪だ。気温がマイナス二十度を下回るようだとたいてい空は晴れている。雪は降らない。

そういうわけで、今年は寒い。雪が少なく、空の晴れた日が多い。夜の空の冴え冴えとした美しさは言葉をなくすほどだ。天上から山裾までくっきりと星が出ている。星座と星座の間にも、細かい星がみっしりと詰まっていて、きれいだと感じるよりも先に驚いてしまう。

一月某日　初詣

あけましておめでとうございます。今年もよい年になりますように。

家族五人でトムラウシ神社へ。吹雪。倒木あり。参道が雪に埋もれている。スキーウエアを着て、ニットキャップを深くかぶり、遭難しそうな勢いで参拝。写真を撮ろうとするも吹雪で真っ白。気をつけていないと、五人のはずの家族がいつのまにか一人減っていてもわからないかもしれない。ちゃんと五人で戻ったはずが、クマかシカが一頭紛れ込んでいるかもしれない。

一月某日　スキー合宿中止

宮下家二泊三日のスキー（と温泉）合宿の予定が、積雪が少なくてスキー場がオープンしなかったため中止に。冬休みの予定はこれだけだったので、いきなりごろごろだらだらすることに。

一月某日　無念

雪が少ないとはいっても、お正月に七十センチくらいは積もったろうか。校庭の様子を見にいくと、十二月の間につくりかけていたスケートリンクがすっぽり雪に埋もれて跡形もなくなっていた。

一月某日　タンチョウ

鶴を観にいくことになった。冬休みの自由研究で、タンチョウを調べたいとむすめが言い出したからだ。そもそも夫が観たがって誘導したとも言える。昔の人気テレビドラマで、カメラマンの主人公がタンチョウを撮るシーンに感激したのだという。その姿に憧れて、一時はカメラマンになりたかったのだそうだ。もっとも、ブラック・ジャックを読んで医者にもなりたかったというから夫の話はあまりあてにならない。

「鶴？　べつにいい」

という中学生男子たちを夫が説得して、阿寒国際ツルセンターへ行く。センターの中でどうやって野生の鶴を保護しているのだろう、檻の中の鶴を見るのはちょっとさびしいな、などと思っていたら、ぜんぜん違った。午後に餌を撒く。それを食べに鶴がどこからか勝手に現れ、適当に食べて満足すると、また自由に帰っていく。

一月の、よく晴れた青い空をタンチョウの群れが横切って、白い雪の上に優雅に着地する。想像をはるかに超えた美しさだった。

雄が、クエーと鳴き、雌がそれに応えて、クワックワッポウと短く鳴く。むすめはそれをとても気に入って、以後は鶴語でしか話さなくなった。

「クエーポウ！（いいね！）」

「クエーポウ！（おなかすいた）」

「クエーポウ？（自由研究にどうやってまとめればいいかな？）」

という具合である。

一月某日　ついに振り切れる

まだ冬休み。朝、部活に行く息子たちを見送って、外の温度計を確かめる。あっ、と思わず小さく声が出た。氷点下二十度までの目盛りを振り切って、正確な気温が測れなくなっている。氷点下二十五度くらいだろうか。

この頃はもう、外へ出るときは普通にスキーウエアを着ている。そうでもしないと身の危険を感じる。あまりにも寒さが厳しいと、心臓がばくばくばくっと激しい不整脈を打つ。きーんと頭が痛くなる。上下でスキーウエアを着てゴアテックスの手袋をはめれば快適だ。と思ったが、顔がシバれて痛い。マスクもつけることにする。目の下から首までをすっぽりと覆うマスク。その上に、ニット帽。もうほとんど誰だかわからない。

一月某日　麻痺

あら今日は暖かいわと思ったら、氷点下十三度。たしかに暖かい。油断して、部屋着のまま家の前で隣の純子さんと立ち話。すると五分ほどで膝ががくがくしてきた。純子さんは歯がガチガチ鳴っている。

「不思議だね。身体が勝手に寒がってる」

「そんなに寒くないのにね」

と言いあったが、やっぱり寒かったんだろうなあ。

一月某日　始業式

二十五日間の休みを終え、子供たちは元気に登校。まだひとりいる、と思ったら夫だ。今年も安定の週休五日制。

カレンダーを眺めて愕然とする。始業式からちょうど二か月で、卒業式だ。あと二か月で長男は卒業してしまうのか。

考えただけで、まずい。一年前の今頃は、たったひとりで中学校を卒業することになるなんて思ってもいなかった。いつも大勢の中のひとりだった。大勢の中のひとり。それは決して悪いものではない。私たちは常に大勢の中のひとりとして生きていくのだ。だけど、一年間だけ、いつもひとり、しかも最上級生、という境遇を経験して、彼は確実に変わったと思う。ひとりだからこそ、まわりを考えるようになった。自分で、自分から、動くようになった。

ああ、卒業式を想像すると、ほんとうにまずい。母として堂々としていたい。泣きたくない。ところでやっぱり「仰げば尊し」は、長男が独唱するのだろうか？

一月某日　新年会

一月も半ばを過ぎて、集落の新年会。「とむら」にて。大人も子供も学校の先生たちも、何十人もの大所帯で、牧場のジャージー牛でしゃぶしゃぶをする。

途中から、子供たちが百人一首を始める。見ると、今までやってきた百人一首とはまるで違う。そうだ、『ちはやふる』で見た「下の句カルタ」だ。一般的な百人一首は上の句を読んで、下の句の書かれた絵札を取るが、北海道で広く普及している百人一首は、読み手が下の句を読む。取り手は、絵札ではなく下の句が変体仮名で書かれた木板を取る。読み手の節も歌いまわしも一般的な百人一首とは異なっていた。

「こ、これが噂の下の句カルタ！」

興奮して写真を撮りまくっていたのはもちろん私だけ。子供たちに迷惑そうに手で払いのけられた。

余興として、宮下家精鋭三名（私と長男とむすめ）と、お隣の後藤家の三人、ますみさん、なっちゃん、ももちゃんとで、ハモネプの「イッショウケンメイ。」を歌う。この日のために暮れから練習を重ねてきた。いよいよ本番、気合を入れていくぜぃ！　と見ると、ますみさんが自らの顔にマジックでヒゲを描こうとしていた。あわてて止める。そこまでしてウケを狙わなくても。っていうか、歌で勝負しようよ。

一月某日　中国語研究会

地区の有志で中国語を研究しているらしい。日頃の鍛錬の成果を試すときです、と文書でお知らせがまわってきて、よく意味がわからない。麻雀なら麻雀とはっきり書いてくれ。

一月某日　運転免許を更新する

新得の警察署で更新できるというのでうきうきと山を下りる。映画『幸福の黄色いハンカチ』で係長役の渥美清がムショ帰りの高倉健を温かく迎え入れたのが、この警察署なのだ。一度中に入ってみたいと思っていた。

「映画の中の話でしょ？　本物の高倉健はもうここにはいないんでしょ？」

半信半疑のむすめ。高倉健が出てきたらそりゃ驚くけど、渥美清が出てきたらもっと驚くよなあ。

ちょっと緊張して建物に入る。特に小さくは見えなかったのに、中はかなり手狭だ。ロビーにはベンチが二脚のみ。壁一面に指名手配犯のポスターが貼ってあり、テレビでは交通事故の悲惨な映像が延々と流れている。テーブルの上には、行方不明者の名簿が無造作に置かれていて、目のやり場がない。

免許の更新手続き自体はすぐにしてもらえた。顔写真は、「廊下で撮ります。ハイ、ここに立って」と指名手配犯のポスターの横に並んで撮った。

「講習は、月に一度開かれています」

意味がわからなくて聞き返すと、月に一度、公民館で開かれる講習会に参加することで更新資格が与えられるのだという。その日に都合が悪い場合はどうしたらいいのだろう。

「隣町で受けてもかまいません」

隣町でも月に一度講習会があるのだそうだ。その講習会を受けた後に、新しい免許証が発行される。

「三月十一日にはできていますので、取りに来てください」

「え？」
聞き間違いかと思った。今、一月半ばですが、三月十一日に？　いろいろのんきである。でもべつに困らないのもたしかだ。困ったといえば、指名手配犯のような顔で睨《にら》んでしまった顔写真の写りくらいである。これから五年も身分証明があの写真かと思うと、かなり困った。

一月某日　光る朝

晴れて空が光っている。子供たちが、雪を蹴って登校していく。気温は氷点下十六度。気持ちのいい朝。

一月某日　キタキツネが通る

しばらくキタキツネを見ない。寒い間は木の洞《ほら》かどこかでじっとしているのかもしれない。キタキツネというのは北海道にしか生息していないくせに、案外寒さに弱くて越冬できずに凍死してしまうことも多いのだと聞く。
車で温泉に行く途中、久しぶりに、ふわっふわの、もっこもこの、毛並みのいいキツネがいた。コートか、襟巻か、と思うくらいの見事な体つきだ。よほどあわてていたのだろう、道路を左から右に渡り、もう一度右から左に渡り、何をやっているんだと思って見ている我々の前でふたたび右に渡って、雪の草むらへ飛び込んだ。

一月某日　四捨五入

四年生は算数の授業で概数を習っているらしい。

「きなこ（仮名）、四捨五入が得意なの！」

むすめが意気揚々と報告してくれた。しかし、得意なのは四捨五入のみ、ただだ四を捨てて五を入れるというその行為のみであることが判明。担任のシホ先生に話すと、

「はい〜、今年の四年生クラスは全員四捨五入が大好きなんです〜」

と笑っている。十歳児たちには、四捨五入という概念が新鮮だったらしい。なんでも四捨五入して異様にハイテンションなのだそうだ。四捨五入で盛り上がれる心が私にもほしい。

一月某日　コンタクトレンズ

視力がひどく悪いのに、これまでずっと裸眼を通してきた長男。眼鏡をつくっても、どうしてもかけられなかった。眼鏡をかけるとふらふらするとか、頭が痛くなるなどと言う。ちゃんと眼科に行っていろんな調整をしてもらっているのにだ。何度つくり直しても結局はかけられないので、あきらめていた。以前の中学に通っていた頃は、黒板の字がまったく見えなかったらしいが、こちらへ来てからは、教室が小さくて常にいちばん前の真ん中の席なので、なんとかなっていたようだ。

しかし、改心した。この冬休みにOBの銀くんとバドミントンをして、もしかしてシャトルが見えていないのではないかと指摘されたのがきっかけだ。視力矯正して劇的にバドミントンが強くなった人がいると聞いて心が動いたらしい。思い切ってコンタクトレンズをつくった。

「すごく久しぶりに自分の顔を見た」

感激の報告があった。鏡に映った自分の顔さえよく認識できていなかったもよう。

「思ってたよりやさしい顔だった」

にこにこしている。うれしかったらしい。学校の人たちの顔も初めてわかったよむしろ今まで気づかなかったことが衝撃だった。

担任の先生のことも今頃認識したのだ。いうまでもなく、タナカ先生はきれいだ。

「タナカ先生って、きれいな人だったんだね」

うだ。

一月某日　温泉自慢

東大雪荘へ温泉に入りに行く。こちらへ来てからいくつかの温泉に行くようになったが、ここはちょっと別格だ。

手前に山。奥に山。温泉のすぐ下をどどどと流れる川。舞う粉雪。岩風呂の横に、つくりたてのメレンゲのような、真っ白なマッシュルームのような、ふわふわの積雪がある。

露天風呂から雪を丸めて川へ投げる。くるくるとまわって流れにとける。三回も繰り返すと、手のひらがじんじんするのでまた湯に浸かる。あっというまに洗い髪が凍ってばりばりになった。雪深い山の奥に温泉がこんこんと湧き出る不思議。

新緑の頃もよかった。夏に満天の星の下でお湯に浸かるのもよかった。紅葉の頃は言うに及ばない。でも、雪の温泉はやっぱり特別だと思う。

「二歳くらい若返った気がする」

少し遠慮した。ほんとは三歳は若返ったと思った。

「気がするだけ」

「錯覚」

中学生男子たちの小さな声が聞こえたが、もちろん無視。

一月某日　締切

ここへ来てからしばらくは暮らしを最優先にしようと思い、仕事をあまり入れなかった。毎月、エッセイを少し、小説を少し。具体的にいうなら、小説は、月刊誌がひとつと、隔月刊がひとつ、季刊がひとつ。これぐらいならだいじょうぶだと思っていた。しかし、最小公倍数というものがある。一か月に一回のものと、二か月に一回、三か月に一回のものは、六か月に一回重なるのだ！

今月がその当たり月だったことに、カレンダーを見て気づいた。月の半分まで来た時点で、小説もエッセイもまだひとつも終わっていない（だってお正月だったんだもん)。だめだわ。詰んだわ。

一月某日　ワカサギ釣り

グリーンクラブでワカサギ釣りに行く。ワカサギ釣りは憧れだった。氷上に小さな穴を開けて、釣り糸を垂らし、のんきに待つ。一度やってみたいと思っていた。サホロ湖。白い氷の上を進む。ここって湖の上なんだ、先月までは水だったんだ、と思うと、ちょっと足下が怖い。

「氷の厚さってどれくらいあるんですか」

尋ねてみる。

「三十センチくらいかな。例年は五十センチはあるんだけど、今年は雪が少ないからね」

雪の重みで氷が沈み、それがまた凍り、どんどん厚みを増していくのだそう。三十センチと五十センチとではずいぶん差があるような気がしたが、とりあえず考えないことにする。

大きなネジみたいな道具をねじねじまわして、氷に穴を開ける。そこから糸を垂らしてワカサギを釣る。

　吹きさらしの氷の上で釣り糸を垂らすのはどんなに寒いだろうと思ってめちゃめちゃ厚着していったら、ちゃんとテントが張られていた。中にはストーブまである。四人用のテントに、四つの穴。至れり尽くせりだ。子供たちは友達同士でテントに入ったので、私は夫と校長先生とむすめの担任のシホ先生とでテントに入った。終わっていない仕事を忘れて釣りに没頭する。

　釣れない。校長先生が釣った小さな一匹だけで時間が過ぎていく。釣り針すべてにワカサギがかかった大漁のイメージしかなかったのだが、考えてみれば私のこれまでの人生で魚が釣れたことなどほとんどなかった。参加料は大人ひとり千五百円。このテントでこの一匹だけだったら、六千円のワカサギだな、と思う。細くて透明なワカサギ。かわいいけど、六千円か……。その後、私が一匹釣って、とりあえず三千円。もう一匹釣ったので、一匹二千円になった。

一月某日　スキー

隣町・鹿追《しかおい》のスキー場は斜面がなだらかで、何もかもが無料で、大変に良心的だ。

リフトもちゃんとある。暖房の効いた待合室まである。ここのところ、ちょっとスピードが怖いので自分が滑るのはやめておいたが、子供たちが滑るのを見ているにはうってつけだ。ロープトゥのリフトに戸惑って、あわあわ、おろおろしている子供たちを見ていると笑いがこみあげてくる。

気さくな感じの人たちが来て滑っている。なんでこんなに原始的なことが楽しいんだろう。見ていると不思議だ。上って、滑るだけ。それが楽しくて延々と繰り返す。上って、滑る。おかしくなってくる。もしかして、お人好しなのだろうか。スキーヤーというのは途方もないお人好しなのだろうか。

一月某日　冬休み

ワカサギを釣り、スキーに行った翌日、雪が降る中で温泉に浸かりながら、むすめがつぶやいた。

「なんだかまだ冬休みみたい」

ほんとうにそう思う。こんなに楽しくていいんだろうか。長い長い冬休みの中で生活しているみたいだ。

一月某日　陶芸教室

中学生たちは山を下りて、陶芸教室。午前中いっぱい、陶芸センターの先生（実はタナカ先生のだんなさん）に直接教えていただける貴重な機会。しかも、三週間にわたって三回行われる。贅沢だなあ。私も習いたかった。

それにしても、この一週間の学校行事だけに限っても、ワカサギ釣り、陶芸教室、そして丸一日をスキー場で過ごすスキー教室（全三回のうちの一回）。それも、ごく少人数で、先生や地域の人たちとみっちり体験できる。充実している。

週明けにはいよいよ私立高校の入試だ。ここまで来ると、入試も楽しいイベントの一環という気持ちになってくる。

一月某日　もうすぐ

一月が終わろうとしている。時間の流れがおかしい。今月がお正月だったなんて信じられない。

あとひと月あまりで、中学三年生である長男が卒業して出ていき、小学校には保育園から武藤家のこごみちゃんが新一年生として入学する。それは、毎年、春に繰り返される当たり前の光景に違いない。一年がこんなに短いのか、という驚きの後に、一年というのはこんなに長いのか、という感慨もやってくる。あどけない顔をしていたこごみちゃんは、この頃ずいぶんお姉さんらしくなり、華奢《きゃしゃ》だった長男は、背が伸び、筋肉がついてきた。こんな速度で一年が経っていくのなら、よっぽどじたばたしないと親は置いていかれるばかりだ。

じたばたと何をすればいいのかよくわからなくて焦る。だけどたぶん、毎日をしっかり生きて楽しめばいいんじゃないか。あれだけ楽しんだのだから置いていかれても本望、と思えるくらいに楽しめばいいんじゃないか。明日からまたじたばたがんばろう。

二月

迷ったり揺れたり

十勝晴れ。空は青く澄んで、雪が輝く。木々が揺れ、海鳴りのような音がしている。ここに立っていられることがしあわせだと毎朝思う。飽きることのない日常。これほど素晴らしい景色には、これからもそうは出会えないだろう。

二月某日　カケス

王様のようなカケスが、家の前に来ている。ご挨拶に伺うべきか。気温は氷点下二十二度。

二月某日　かっぺとは

どこもかしこも雪に埋もれ、なかなか見かけることのなくなったキタキツネ。たまたま道端に出没したところを、観光客らしき人が車を停めて写真を撮っている。次男ボギーはそれを見て、

「キタキツネごときで。かっぺだよなぁ。ふっ」

鼻で笑っていたが、田舎っぺはどちらか、という話だ。

二月某日　バナナの謎

不思議に思っていることがある。メールや電話で、気温が氷点下二十度を下まわっていると知らせると、なぜかみんな嬉々として「じゃあ、バナナで釘が打てますね！」と言うのだ。ひとりやふたりではない、今までたぶん十人以上に言われたと思う。なぜバナナで釘を？　みんなそんなに打ちたいの？

二月某日　鬼の訪問

節分に鬼が来るとは聞いていた。

「家の中まで入ってくるよ」

「どんどん来るよ」

「入ってほしくない部屋には立入禁止の貼り紙をしておかないと、すべての部屋を開けられるよ」

との前情報を得て戦々恐々としていたのだが、あいにく私と長男は不在。残った家族によると、鬼は十人くらい。お面やかぶりものの鬼のほか、歌舞伎役者のような白塗りを顔に施している鬼もいて、相当怖かったらしい。ものすごいハイテンションで家に上がり込んできて、落花生を投げつけろと要求し（北海道の豆まきは落花生）、ヒロト（仮名）はどこかと聞き、受験に行っていると答えると、がんばってくださいと言い残して去っていったらしい。牧場での一日の仕事を終えてからやってきた、青年部の若者たち。去年は仕事が長引いて、午後十時を過ぎてから現れたので、子供たちが寝てしまい、パジャマ姿のお母さんが豆まきをしたという話も聞いた。お疲れさまです。地域の若者たちが元気でがんばってくれていることが心強い。

二月某日　私立高校受験

気楽な感じで受験に行った。いわゆる滑り止めという位置づけの、門戸を広く開いてくれている寛容な学校である。緊張感ほぼなし。

帰りにふたりで札幌の雪まつりを観る。雪まつりのために組まれたんじゃないかと思うほどぴったりの日程。ラッキー。

三丁目から歩いて観はじめて、十丁目まで来たときにふと、雪まつりを観た受験生は落ちるというジンクスを思い出してしまう。思い出さなければよかった。まあ、こんな時期に寒さに震えながら雪まつりを観ている受験生がいたらそりゃあ君落ちるよと言いたくもなる。でも、観なくても落ちるかもしれないのだから、観て落ちたほうがいい。

二月某日　ストーブ1

ストーブのスイッチがおかしい。なだめすかしながらスイッチを押し、「いいストーブだなあ」と心から言わないと点《つ》かなくなった。心から、というのがなかなかむずかしい。

二月某日　ストーブ2

今朝は氷点下二十五度を下回る気温だったにもかかわらず、ストーブが壊れて排気が家じゅうに充満。夫は妻が死んだかと思ったらしい（眠っていただけ）。家族全員スキーウエアを着て修理屋さんを待つ土曜日。

二月某日　誰も死んではならぬ

温泉で、露天風呂から内湯へ戻ろうとしたらドアが凍っている。げっ。ガタガタ鳴らしてドアを引くが、開かない。焦る。あっというまに髪が凍る。力任せに引いたら、がしゃっと開いた。ああ、助かった。命拾いした。ニューヨークに寒波が来たとき、家まで帰ってきていながら鍵穴が凍ってドアが開かず、まさに家の前で凍死していた婦人の話を思い出す。無念だったろう。かわいそうなあの人は、でも、服を着ていた。全裸で凍死はいやだなあ。

二月某日　ルパン三世の母

温泉から出てきた母を見たむすめ、「ママ、なんだか変装したルパンみたい」と言う。にこにこ笑っているので悪いつもりで言っているのではないらしいが、どう考えてもすてきな喩《たと》えには聞こえない。何に変装したルパンなのか聞いてみたかったが、知らないほうがいい気がしたのでやめておいた。

二月某日　スキー教室

スキー教室は習熟度別にクラス編成があると聞いていたが、宮下家三人で一チームだったらしい。当然といえば当然、他のみんなはとても上手なのだ。兄妹三人でチームになって先生に教えてもらって滑っているのかと思うと微笑ましい。っていうか、申し訳ない。先生ふたりに、さらにスキー場のインストラクターもふたりついてくれたそうだ。

スキー教室から帰って来たむすめ、「もうプロみたいに滑れるよ！」と得意げ。プロか。早いな。

二月某日　中止になっても

今年は雪が少なくて、スキー教室が一回中止になった。さぞ残念だろうと思っていたら、その分、六回、体育の授業ができるのだそうだ。ユニホックも、テニスも、剣道もおもしろい、という。運動の得意な子だけが活躍する大規模校の体育とは違い、いろんな種目を少人数で丁寧に習えるのって楽しいみたいだ。

二月某日　廃校

山の麓に小さな小学校がある。校舎の横に一本立っている大きな桜の木が見事で、町の桜の名所となっている。ここは明治四十三年に開かれ、昭和五十一年に廃校になっている。建物がそのまま残っているのだが、最後の日に洗って干したのだろう雑巾が教室に数枚掛かっているのが窓から見える。風情があるというよりは、少し怖い。仰々しい閉校式などはせず、なんでもない普段の一日のように最後の日を終えたのではないだろうか。だから、今も、当時の先生と生徒がなんでもないことのように通ってきて中にいるのではないかと感じてしまう。

もっと市街地のほうへ行くと、それよりずっと新しい、立派な体育館のある小学校も閉じている。これで廃校だというのがとても信じられないくらいだ。町の図書館でむすめが借りてきた本には、六年前に廃校になったまた別の小学校の図書カードが挟んであった。女の子の下の名前だけが自筆で記されている。さよみ、とたどたどしい平仮名。下の名前を書くだけで通る世界。それがひとつ潰れたのだな、と思う。今、むすめたちの通う学校も、小学生も中学生も下の名前で呼び合う。上級生には「ちゃん」や「くん」づけで。小さくて、濃密で、わかちがたい世界。ずっとこのまま、とつい願ってしまう。永遠なれ、と。永遠でも怖いんだけどね。

二月某日　廃校（高校編）

北海道は高校もどんどん閉校していく。小中学校は統廃合でどこかには通えるけれど（それだって大変）、高校はなくなったら終わりだ。

二年ほど前、ＮＨＫで「ひとりじゃない〜北海道新得高校　それぞれの春〜」という番組が放送された。普段はほとんどテレビを観ないのに、どういうわけかその番組はたまたま観ていた。生徒は全校で数十人。ラグビー部も、野球部も、部員はそれぞれ一名だ。助け合って練習しても、チームが組めないから大会には出られない。それでも毎日練習を欠かさず、励まし合って成長しようとする姿に胸を打たれた。若いのに、こんなに一所懸命なのに、どこかにあきらめが混じっていた。

さて、わが町の高校が、まさにその高校だった。二年後にここに来るなんて、運命を感じてしまう。たったひとりのラグビー部員だった彼は、卒業後、この町に恩返しをしたいからと、この町の出身ではないのに町役場に勤めていた。

去年、新入学の生徒が二十人を切っていたので、今年が正念場だ。二年連続で新入生が二十人以下だと廃校、という大変に厳しい条件なのである。秋に、高校の校長先生と教頭先生が、富村牛中学校まで生徒募集に来てくださった。といっても、該当者はうちの長男ひとりだけである。その時点で、入学希望者は七名とのことだった。

親の気持ちは痛いほどわかる。麓の屈中（中三生十一名）の保護者の声も少し耳に入ってきていた。小さな小中学校に通って、このまま町の小さな高校を出て就職するのでは、外の世界を知らなさすぎる。人数が少なくて部活動も満足にできないのではふびんだ。せめて高校くらいは級友のたくさんいる学校を経験させてやりたい。いつ廃校になるかわからないのもつらい。――でも、町から高校がなくなったら、この町の子供たちはみんな中学を卒業すると出ていくことになってしまう。町は寂れるだろう。それはいやだ。子供たちのためにも、活気のある町であってほしい。

気持ちは複雑だ。過疎の町で子供を育てるのは、迷ったり揺れたりすることの連続だ。

二月某日　赤き翼

息子たちのバドミントンラケットのガットが切れた。ここでは、ガットを張り替えるにも山を下りて、何十キロも走らなければならない。

帯広のスポーツ用品店で、ボギーが一本のラケットに見入っている。横からその宣伝文を読んで、度肝を抜かれた。

「火炎の如く刹那に全てを焼き尽くす、空間を超える一撃を追求し生まれた赤き翼の力。纏った能力は全てを力に変え、同じ時間軸に対峙することすら許さない」

ボギーが唸る。

「すげえ」

たしかにすげえ。時間軸ときたか。このラケットを使えば勝てるかも、という期待が胸を掠《かす》める。ちなみにこのメーカーは他のラケットの宣伝文もすごかった。一見の価値あり。

二月某日　バドミントン大会

今年度最後の公式のバドミントン大会。部活動をやっている子供のいる家ならどこもそうだと思うけれど、大会の日は親も大変だ。特にここは山の中なので大会会場までが遠い。お弁当をつくって、開会式に間に合うように会場まで送っていくとなると朝は超早い。足寄《あしよろ》、陸別、浦幌《うらほろ》。十勝大会は、地区大会の割に地域が広いから、どの子も朝暗いうちからがんばって町へ出るのだろう。

でも、この早さがなかなかいい。普段は見ることのない早朝の景色を堪能しながら車を走らせる。昇ったばかりの朝日に、凍った木の枝がきらきらきらきら反射する。こんなきれいなものを私たちだけで見ていいのかともったいなく思うほど。道も凍っていて、雪道に突っ込んだ車が放置されている。農道から転がり落ちた車も見た。

さて、会場に着くと相変わらずボギーはひとり。部員がひとりだと何をするにもひとりだ。公開練習では、練習試合をしたことのある学校に自ら頼んで交ぜてもらって打っていた。もともと人見知りするタイプだったのに、こういうことができるようになっただけでもずいぶん成長したと思う。

試合の直前、相手選手のコートにボギーが行く。何かを言い、頭を下げている。相手選手は顧問らしき先生のところへ戻って何か相談している。部員がひとりしかいないので線審も得点係も出せません、すみません、と謝っているらしい。いいよ、うちの部員の空いてるのを出すよ、と快く言ってくれるところもあれば、え、そうなの、困ったね、という反応のところもある。すみません、とボギーがもう一度頭を下げているのをギャラリーから見て、試合の前から精神的に下手に出ることになるのではないか、と思ったりもする。もちろん、それもいい経験なのだけど。

さて、ボギーは悲願の一勝。やった。でかした。たいへんにうれしかったが、大会で一勝することしか念頭に置いていなかった模様。二回戦ではずいぶん派手に砕け散っていた。

二月某日　汚いやり方

長男はこれまで数学で点を落とすことはなかったから、数学に関して心配したことはなかった。ところがこの頃、まさにその数学に足を引っ張られるような傾向が出てきた。本人に聞くと、

「うーん、ひらめきが足りなくなってきたのかも」

と言う。中学数学にもひらめきが必要だったのか。

「ひらめきがなかったら数学は楽しくないよね」

「うんうん」

ボギーも同意している。

「でも安心して。いざとなったら汚い手口を使ってでも解くよ」

き、汚いって何。どういう手口。

「ここではこういう解き方をさせたいんだなって、問題見ればわかるじゃない。でもそういう空気を読みたくないんだ。完全に理解して美しく解きたい。公式もできるだけ使いたくない。だけど受験のときは、汚くても点数を取りに行くからだいじ

ょうぶ」

心配するなとばかりに長男は笑った。頭がくらくらする。それを汚いというなら、人生って汚いものまみれなんじゃないか。

二月某日　教育懇談会

放課後、招集がかかった。すべての教職員と保護者、加えて多くの地域の人たちも学校に集まる。学校の教育方針について話し合うらしい。

議題は、雪山。校庭につくられた雪山の遊び方にルールを設けるのは、是か非か。

事の発端はこうだ。雪山を橇で滑る子と、スキーで滑る子、生身で遊ぶ子、入り乱れ、相当危ない。いくら校庭にあるとはいえ、先生が放課後までいつも見守っていられるわけじゃない。そこで、遊び時の簡単なルールを中学生が中心になってつくった。

ちょっと待って、と声が上がる。

「遊びにまでルールはいらないでしょう」

「でも、子供って、実際に、とんでもない遊び方をしちゃうんですよ」

ＰＴＡ会長の幸太さんが、

「ここはトムラウシです。山や森に一歩入れば、もうルールなんてないんです。自分で自分の身を守るしかない。自分たちで考える訓練が必要でしょう。安易なルールなんてないほうがいい」

げげっ、かっこいい。他のお母さんも賛同する。

「遊ぶときにこそ、いろいろ学べると思います。もしもそれで事故が起きたとしても、もちろん、学校のせいにはしません」

中一学級のイズミノ先生が、手を挙げる。

「僕は、今年、中一の三人を担任して、もう、三人がめんこくてめんこくてたまらないんです。朝起きて、ああ今日もあの三人に会える、と思うとはりきって学校に来ちゃうぐらいです」

急に何の話を始めるのかと思う。イズミノ先生は続けた。

「一部の子供たちが、雪山でどんなに危険な遊び方をしているか、知ってますか。あれでもしも事故が起きて、万一、三人のうちの誰かがもう目を覚まさないなんてことになったら、考えただけでも怖くて、つらくて、僕ももう生きていけないと思います。お母さん方ならその気持ちはもっと強いんじゃないですか」

しーんとなった。イズミノ先生は目に涙を溜めていて、胸がぐっと詰まった。めんこくてめんこくて、と言ってもらっている三人の中のひとりは、うちの次男なのだ。

「雪山で遊んでてて大怪我した子や、まして死んだ子なんて、ここでは聞かないなあ」

反対意見も出る。侃々諤々《かんかんがくがく》、二時間。議論できるのはすごい。現在小中学校に通う子供のいない人も、あたたかく見守るどころじゃなくて、熱い。子供がいようといまいと、学校をとても大事に考えている。

たしかに、学校はとても大事だ。この地域の子供たちはみんなここで育って大きくなっていくのだ。コミュニティスクールに近いかもしれない。

異論も出るし極論も出る。若い先生が熱くなって暴走する。今ここでそれを言ったら不利だよと止めてあげたい気持ちになったり、逆に目を見開かされたり。

教職員十一人のうち七人が二十代で、保護者の平均年齢はたぶん四十代。地域の人はもう少し上だ。みんなきちんと自分の考えを発言する。私も話した。夫が黙っているので、何か言いなよとテーブルの下でこっそり脇腹を突いていたら、先生にしっかり見られていた。

「教室にすわって勉強するより、雪山で遊んで身につけることのほうが大事なんじゃないかなあ」

地域の人から出た意見に、それはそうだとみんなうなずく。山村留学家族の保護者からの「自然の中で育てたくてここへ来た。勉強は二の次なんです」という発言が沁みる。そうだ。勉強が一番大事だと思っている親はここへは絶対に来ないだろう。加えて言うなら、お金が大事だと思っている親もここへは来ない。おおもとの価値観ははじめから一致している。だけど、差はある。幅がある。勉強は、一番や二番だとは思わないが、大事ではあると私は思っている。いろんなところにいろんなことの芽が潜んでいて、それを見つけて育てていけるといい。勉強せずにそれを得るのは、むしろかなりむずかしいことだと思うのだ。

二月某日　小学一・二年生学級だよりから

算数で「長さ」の学習をしているときのこと。

ミドリ先生「手を握った形のことをなんと言いますか？」
たくやくん「グー」
しんたろうくん「パンチ」
ミドリ先生「にぎりこぶしといいます。このにぎりこぶしの長さを、昔は『つか』と言っていました。もう一度、聞きます。この長さのことを……」
たくやくん「グー」
ミドリ先生「たしかに、この形はグーだけれど、この長さのことを……」
しんたろうくん「にぎりめし！」

二月某日　この父にして

家にソチ時間で暮らしている人がいる。夜中あるいは明け方までテレビを観ている。朝は起きてこない。眠たげに起き出してきたと思ったら、またオリンピックダイジェストを観ている。それはまあいい。いっそ好きなだけ観ればいいと思う。しかし、曲がりなりにもうちには中三生がいる。入試本番まであと二週間というときである。勉強なんてオリンピックが終わってからやればいいよと息子に言う、そののんきさがつくづく謎だ。

二月某日　小学生バドミントン大会

ダブルスの十勝大会。むすめはなかよしのみぃちゃんと組んで出場。ふたりはこの一年間ずっと身長と体重が誤差程度にしか違わなかった。心なしか、顔立ちも似ている気がする。ふたりが並んでコートに立っている姿を見られただけで本望（つまり敗けた）。

帰りにみぃちゃんも一緒に温泉に行く。今日も空いている。ささっと超特急で身体を洗うと、うれしそうに露天風呂へ飛び出していく。きゃっきゃっと楽しそうな声が聞こえてくる。誰もいない露天風呂で泳ぐふたり。岩場に上り、雪を投げ合うふたり。飛び込むふたり。視力の悪い私には、雪のまぶしさも手伝って、どちらがどちらかわからなくなる。

不意に涙が出そうになる。無邪気に笑い合う今ここだけの光景。十歳が最後の年だと思う。たぶん、彼女たちは来年にはもう裸で岩をよじ登ったりしないだろう。

二月某日　リクエスト

来月卒業する長男が、給食のメニューのリクエスト用紙を持って帰ってきた。卒業祝い給食、というのは前の学校でもあった。子供たちのよろこびそうなおかずにデザートがついた、ちょっと贅沢な給食。二種類のメニューから好きなほうを選ぶ方式だったはずだ。こちらはさらにその豪華版。なんでもリクエストしていいらしい。

「調理員さんのつくるものなら何でも旨いが、しいていうなら調理員さんの得意料理が食べたいです」

と書いてあって感心する。うまいことを言えるようになったものだ。

「気持ちはうれしいけど、具体的なメニューを書いてくださいね」

と、大変もっともな返事が来ていた。

二月某日　最後のスキー教室

スキー教室の日は、子供たち自作のお弁当を持っていくのが富村牛小中学校のルールだ。三人で手分けしてつくって、ちょっと時間が足りなくなって、

「もうひとり生んで」

「それをタイム風呂敷に包んで」

むずかしい注文が来た。

二月某日　最高得点

東京に住む実弟の長女が憧れの中学に合格したという知らせが届く。おめでとう。

それを聞いたうちのむすめは、

「えっ、じゃあ合格しなかったら、中学校には行かなくていいってこと？」

と目を輝かせている。ずっと楽しい小学生でいられると思ったのだろうか。そもそも中学に合格するということは小学生の頃から勉強していたということだ。楽しいだけの遊んでばかりの小学生ではなかったはずだ。いろいろ説明したいことがあるような気がしたが、私にもよくわからないので黙っておく。

そこへ長男が息を弾ませて学校から帰ってきた。

「今日、自己最高点を叩き出した」

「えっ」

「ついに150行った！」

ひゃく……ごじゅう…？　何点満点で150点？

「シャトルランで150回。さすがに疲れた」

いまだに部活を続けている長男は、体力づくりのメニューとして行っているシャトルランでずっと140台だったのが、今日初めて150の大台に乗ったのだそう。

「普通のシャトルランじゃないんだよ。移動するごとに一回ラケットを振るという負荷を自らに課して」

こちらもよくわからない。入試本番までは、もうすぐ。

三月

きらきらと輝いた暮らし

いよいよ、三月。一年間の予定だった山村留学を予定通り今月で終えることになった。期間を延長するかどうかは、家族でずいぶん話し合って、話し合って、話し合って、決めた。延長する留学生家族は多い。現在いる家族は、三年目、五年目、六年目、と皆長い。ここで暮らすのはある種の極楽だ、と思う。このままここで暮らせたらと思うことも一度や二度ではなかった。町にいるときは気づかなかったさまざまなことを感じたり考えたりする。多くのことを学べる場所だと思う。何より、眺めの素晴らしい場所で暮らすのはそれだけで圧倒的な体験だと身をもって知った。

でも、決めた。私たちはもう一度戻って、いろんなことの続きを始めなければならない。

三月某日　呪文

ここを去る日が近づくにつれ、夫の機嫌がものすごく悪くなっていく。あんなに話し合って決めたことなのに。私たちだって後ろ髪を引かれる思いなのに。あまりにも不機嫌なので、だんだん腹が立ってくる。せっかく楽しかったここでの暮らしの最後がこれでは台無しだ。不機嫌には不機嫌を。そう思っていたら、妻の堪忍袋の緒が切れる寸前に立ち直ったようだ。

どうやら、「とりあえず」「いったん」という文言で自分を納得させたらしい。「とりあえず帰る」「いったん帰る」。呪文のように呟いている。

三月某日　受験

長男が地元福井の県立高校を受験。ひとりで帰すわけにもいかないので私も一緒に帰ることになったのだが――死ぬかと思った。飛行機の中で発作が出た。パニック障害の発作が出たのだ。死なないとわかっていても、死ぬんじゃないかと毎回思う。

発作が出そうになると予知できるので、そうなったら落ち着いてやさしくゆっくり話しかけてほしいと長男には頼んでおいた。だいじょうぶ、だいじょうぶ。世界はまだ続いている、と思えることで症状が和らぐ気がするのだ。が、これが逆効果。彼なりに考えてのことだろうけれど、いざとなると超しょうもない話をゆっくり噛んで含めるように話すので迷惑極まりない。

「千歳空港のガチャガチャって六種類なんだけど（間）初音ミクが出る確率ってほんとに六分の一かな？（間）前の人が三回やって（間）兄妹三人で二回ずつやって（間）それでも一個も出ないと疑いたくなるよね（間）。確率の問題でよく間違われるけど（間）、もう一回ずつやって当たる確率は（間）、『変わらない』じゃなくて『上がる』だよ」

どうでもええわ。まじどうでもええ。

それにしても、今までバスとタクシーが危ない（発作の出る確率が高い）ことには気づいていたが、飛行機もか。バスとタクシーは降りられるからまだいい。飛行機は降りられないのが最悪。でも、この発作に耐える代わりに息子を高校に合格させてくださいみたいなことは一秒たりとも願わなかった。こんなにつらい目に遭ってまで受験して（間）落ちたらどうしてくれようか。

三月某日　おかえり

福井での入試を終えて北海道へ戻ると、むすめがにこにこ飛びついてきた。「うれしくって小走りしそう」

小躍りではないところが斬新（たぶんただの間違い）。

三月某日　確定申告

今年はこの地に納税するのだ。少しでもここに貢献できる気がして心は軽い。とはいえ、支払うために面倒な作業を行うのは腹立たしいことこの上ない。ふと見ると、長男が卒業文集のプロフィールの好きな言葉欄に「脱税作家」と書いていて、いくら適当に書いた言葉だとしても人聞きが悪いので変えてもらう。

三月某日　雪

この期に及んでまだ雪が降り、積もる。

朝、外でお隣のますみさんの声がしている。

「わーい、雪だー、積もってるー！」

やっぱりうれしいんだ。朝起きて雪が積もっているのを見ると私も胸がわくわくする。

「何年住んでいても、きれいだなあと毎日思うよ」

同感だ。寒くても、雪かきに難儀しても、雪は原始的なよろこびを呼び起こす。真っ白な世界を長靴で歩くのは胸が躍る。冴え冴えと青い空が、目にも耳にもなだれ込んでくるような気がする。雪の朝は美しい。

三月某日　かまくら

学校から帰ってくると、むすめは毎日友達と遊ぶ。寒くても外で遊ぶのが大好きだ。

でも、今日は雪が降っているのにいつまでたっても帰ってこない。外へ見にいくと、二軒隣のまりあちゃんとせっせとかまくらをつくっていた。

あたりはすっかり暗くなり、外灯の橙色の光だけが照らしている。

「もうすぐ完成だから、もうちょっとだけ」

ふたりして顔を赤くして雪遊びに熱中している。

「あとちょっとだけ」

「最後だから」

最後だから、と言われると、とっさに返す言葉が見つからない。ふたりはたぶん、かまくらがあとちょっとで完成するその最後の仕上げだから、と言ったつもりだったのだろう。でも、つい思ってしまう。ふたりで思う存分かまくらをつくる機会があと何回あるか。しんみりしそうになって、あわてて家へ入った。

三月某日　申告漏れ

申告書を提出し、納税も済ませた後に、経費の領収書が出てくるのはなぜ。しかも高額。高額だとなんとなく緊張して大事に取っておこうとするのが裏目に出るらしい。痛恨。

三月某日　合格

息子が地元福井の県立高校に受かっていた。

「ああ、よかった、やばかった」

などと言う。

「中三はひとりだから、担任のタナカ先生にとっては、今年の実績は合格率100%か0%、どっちかになっちゃうわけだし」

「部活も最後まで続けさせてもらったし、これで落ちてたら先生たちに申し訳なかった。部活引退してがんばったんなら落ちてもしかたないけど、部活最後まで続けといて落ちてたらおまえ何やってんだってことになる」

そこまでわかっていたならなぜ勉強しなかった。まったくもって不可解だ。

合格を知らせに学校に行くと、わざと沈痛な表情をつくってタナカ先生の待つ部屋へ入っていった。あほだと思う。

次いで校長室に報告に行ったら立ち入り禁止になっていた。でも、ドアの上のガラスの部分から、中で校長先生がいそいそと手づくりのくす玉を設置してくださっているのが見えた。小学校の先生方がティッシュでたくさんの薔薇をつくって飾ってくださったというくす玉。なかなか設置できないようで、脚立を出し、天井に金槌で釘を打ってまで設置しようとしているのが見える。その間も、小学校や中学校の先生方が長男を囲んでうれしそうに祝ってくださっている。待つこと十分。やっと開かれた校長室で、校長先生がまじめくさった顔で聞く。

「結果はどうでしたか」（茶番）

「はい、合格していました」（茶番）

校長先生の笑顔がぱあっと炸裂。こんなにうれしそうな笑顔は見たことがないっていうくらいの笑顔。くす玉の紐を引いたら、中から「ヒロトくん（仮名）、合格おめでとう」という文字と紙吹雪が舞った。

三月某日　見栄

プロフィールがまわってくる。年度の終わりなどに、ひとりに一枚ずつ配られて、名前や生年月日や趣味や特技や好きな食べものなんかを書く昔ながらのあれである。

むすめはゲゲゲの鬼太郎が大好きであるのに、好きなキャラクターを書く欄に、小さな見栄を張って、ドラえもん、と書いていた。

三月某日　ホワイトデー

山を下りて、町に出る。ケーキのおいしい店でお茶を飲んだ後、思いついてクッキーを買う。息子たちがバレンタインに手づくりのお菓子をもらっていたのだった。ボギーがチョコレートが苦手なのを知って、クッキーを焼いてくれる気遣いがありがたかった。ここの学校の女の子たちはみんなやさしい。長男は手づくりで返すというので、ボギーの分だけ買うことに。

人数分のクッキーを買ったら、きれいな店員さんが、

「ホワイトデーのお返しですか？」

と、たぶんラッピングをどうするか確認したくて聞いてくれたのだが、ボギーはそれだけで玉砕して挙動不審に。

「あの人ぜったい、おまえなんかがどうしてこんなにお返しが必要なんだよ、って思ってたぁぁぁぁあ！」

ハイエースの中でのたうちまわっている。思ってないよ、そんなこといちいち思

ってないって。中一男子というのはこうも痛々しいものか。おもしろかったので放置しておく。

三月某日　お別れ給食

卒業する長男だけでなく、転校することになるボギーとむすめにも好きな献立のリクエストが来ていたらしい。それが反映されているという今月の献立表。ボギーのリクエストが通った献立は青で、むすめのリクエスト分は赤で記されているという。ハンバーグ、と青い文字で書かれていて、ボギーらしい。チーズカツ、これも青い文字。わかるわかる。それで、むすめのリクエストはどれ？　と思ったら、なんと、ごはんが赤文字になっていた。

「白いごはん、って書いたの」

むすめ……。なんでも好きなものをリクエストしていいときに白いごはんを希望するというのは、おかあさん複雑。食べさせてます。

三月某日　怖いもの

羆にはついに出会えなかった。秋だったか、温泉の駐車場で、向かいの崖を上っていく羆の揺らす木の枝を見ただけだ。あれは惜しかった。あと一、二分早かったら羆本体が見られたのに。

もちろん私だってこちらへ向かってくる羆と鉢合わせになるのは嫌だけど、崖を上る背中を見るのはすてきじゃないか。そう思っているのは、家族の中で私とむすめだけらしい。他の三人は羆が怖いという。いや、だからもちろん私だってこちらに向かってくる羆（以下略）。

「きなこ（仮名）、クマはそんなに怖くないよ」

むすめが胸を張る。

「クマは二番」

二番目に怖いなら相当怖いんじゃないのかと思うが。

「じゃあ、一番は何？」

「サメ」

サメ……。思い出した。昔、むすめは、朝起きてきてうれしそうに報告してくれたことがあった。

「ママ、夢の中でサメを倒してくれてありがとう」

自分がどんな活躍をしたのか、あまり考えたくはない。

三月某日　練習

学校で開いてくれるお別れ会の最後の挨拶を、むすめが一所懸命練習している。むすめは人前で話したり発表したりするのが好きじゃなくて、大きな声を出すことも苦手だった。こちらの学校へ来てからは、児童数が少ないので必然的に発表する機会が増え、少しずつ話すことに慣れていったように思う。

「みんながたくさん話しかけてくれるのでとても楽しくて、私はしゃんしゃん留学に来てほんとうによかったと思いました」

あ、ちょっと噛んでる、と思ったけれど、聞かなかったふりをした。

むすめがふたたび最初から挨拶の練習を始める。

「――私はしゃんしゃん留学に来てほんとうによかったと思いました」

やっぱり噛んでいる。

「落ち着いて、ゆっくり話せばいいよ」

アドバイスすると、うなずいて、

「私は、しゃん、しゃん、留学に来て、ほんとうに、よかったと」

言い間違いじゃなかったのか！　しゃんしゃん留学じゃなくて山村留学だよって
もう留学も終えようとしてるんですけども。

三月某日　残りの日

会いたい人に会って、行きたいところへ行こうと思った。仲よくなった人や、心に残った場所、おいしかったお店。もうあんまり時間がないんだから。でも、時間がたっぷりあったって、会いたい人に会って行きたいところへ行ったほうがいい。

これからはそうしよう。

三月某日　散歩こそ

やりたいことも、やるべきこともたくさんあって、毎日が風のように過ぎ去っていく日々にこそ、ひとりで散歩をするといい。それを、ここへ来て初めて知った。

誰もいない道をひとりで歩いているときに、ああ、ここへ来られてよかった、と感慨が湧き上がる。ひとりだけど、ひとりじゃない。不思議な感じ。山の中にいると、ひとり、という概念も変わる。

三月某日　卒業式

今年度の卒業生はふたり。小学校からはあやめちゃんが、中学校からは長男が卒業する。

泣かないと決めていた。思い出深い卒業式を笑顔で堪能したかった。でも、とてもきれいな担任のタナカ先生の鼻が朝から赤いのを見て、まずいと思った。つられる。タナカ先生を見ないでおこうと思った。

よく晴れた、空のまぶしい朝。卒業生の親だけじゃなく、保護者たちや、地域の人たちも参列してくれて、列席者のほうが多いぐらいだ。学校に来るといつも長男と次男の膝や肩に下級生たちが乗ったりまとわりついたりしていたのだけど、今日はその子たちもきれいな服を着てシャキッと立っている。長男の姿より、小さい彼らががんばって晴れの日に送り出そうとしてくれている姿に目頭が熱くなった。

小中学生全員と、先生方とでつくりあげた、手づくりのあたたかい式になった。在校生からひとことずつ贈る言葉も、贈る歌も素晴らしかった。隣の席の、あやめちゃんのお父さんがタオルを顔に当てて号泣している。卒業したらすぐにまたここの中学校の新一年生として入学するはずなんだけど、理屈じゃないんだなあ。

卒業生と在校生と先生方全員での合唱は、のびやかに明るく響いて、小さな体育館をいっぱいにした。長男の挨拶の中の「ここへ連れてきてくれた両親にこの場を借りて感謝します」というひとことに、夫がぐっときているのがわかる。私は、退場していくと思われた長男がまっすぐにこちらへ来て花を手渡してくれたときにぐっときた。

この学校の卒業生のひとりとして名前を連ねることができて誇らしく思います、と長男が言い、ほんとうにそうだと私も思った。いい卒業式だった。

三月某日　部活

結局、長男は最後の最後まで休まずにバドミントン部を続けた。卒業した後も夕方から登校して部活に参加したほどだ。ボギーもがんばった。兄とは違い、生粋のインドア派で臆病なボギー。

「いやあ、最初はどうなることかと思ったんですが」

と副顧問のカンノ先生。ボギーは誰よりも早く部活に行き、家でもトレーニングを欠かさなかった。そして、納会の日に小さな声で挨拶をした。

「自信をつけることができました」

慎重なボギーのことだから、小さな小さな自信なんだろう。でも、それでじゅうぶんじゃないか。

部員五名がひとりひとり挨拶をする。みんなそれぞれその子らしさの出た、いい挨拶だった。ももちゃんが来て話してくれた。

「今までだったら、しっかり挨拶しなきゃって気合が入りすぎて失敗しちゃったりしてたんですけど、言いそびれたことがあっても、きっとヒロト（仮名）くんが拾ってフォローしてくれるからだいじょうぶ、と思うと安心して話せました」

うれしい。そんなふうに思ってくれて、とてもうれしい。急に飛び込んできた兄弟ふたりを、あたたかく見守ってくれて、慕ってくれて、ほんとうにありがとう。

三月某日　送別会

信じられない。ぜんぜん信じられない。

「明日から宮下さんたちがいないなんて、ピンときません」

教頭先生がまじめな顔で笑う。

「あの家の前に青いハイエースが停まってて、中から五人が降りてくるんじゃないかと思ってしまいそうです」

そ、それ以上言わないでください、泣いてしまいますから（夫が）。

三月某日　ディズニーランド

送別会の席でいろんな人と話す。ある人が、

「うちはディズニーランド好きなんだよ。そのうち遊びに行くからね」

と言ってくれる。ディズニーランド？　というのは千葉県の？

福井は福島や福岡と混同されることも多いから、今回もどちらかと間違ったのかなぁと思うものの、どちらもディズニーランドからは遠い。はたと気づいた。間違ったんじゃない。北海道の人は北海道からなかなか出ない。内地へ行く機会といっ

たら、冠婚葬祭か、ディズニーランドくらいなのだ（たぶん）。千葉から福井は、函館から知床へ行くより近いのかもしれない（たぶん）。ディズニーランドのついでに足を延ばして遊びに来てもらえるならとてもうれしい。ようこそ福井へ。

三月某日　出発式

引っ越し作業を終え、一年間住んだ家を掃除する。時間に余裕があったら、最後に家族で散歩しようとか、おいしいコーヒーを淹れようとか話していたのに、それどころじゃなかった。両隣のますみさんと純子さんが荷こぼれ品の取りまとめや、掃除を熱心に手伝ってくれて、ようやくなんとか間に合った形に。見積もった時間よりだいたい五割増しで時間がかかるのが常なのだった。

出発式は午後二時。少し遅れてしまって、急いで集合場所へ行くと、もうほとんどの人が集まってくれていた。何人かが見送りに来てくれるのかと思ったら、山村留学の家族だけでなく、小中学校のすべての児童生徒とその家族たち、先生たち、地域の方々、全員に見送られて出発することになった。

夫が最後の挨拶をしながら目を赤くしている。泣くことないって、また絶対戻ってくるって、と思いながら、親しくなったたくさんの人たちの顔を見る。昨日まであの中にいたのに今日はこちら側。出発する高揚感をぐっと抑えて、心があちら側へ引き戻されそうになる。

三月某日　神さまたちの遊ぶ庭

子供たちがハイエースを追いかけてきて、なかなかスピードを出せない。ありがとう。ばいばい、またね。心を鬼にしてスピードを上げ、山を下りて、湖のあたりでふりかえると、雲の切れ目から光の柱が立って見えた。あの光の射す場所で、神さまたちがきっと遊んでいるのだと思う。まぶしくて、健やかで、神々しい場所。私たちの暮らす場所には、人間が住んでいて、いいこともそうでないこともいろいろなことが起こるけれど、光の射す下にはきらきらと輝いた暮らしがあるように思えてくる。

湖を下りながら、今離れたばかりのあの集落がもう懐かしくて懐かしくて泣きそうになる。今すぐ駆け戻ったら、何事もなかったように新学期を迎えられるんじゃないか。そう思ったけれど、こらえた。

しばらく誰も口をきかなかった。町の役場の支所に転出届を出したら、苫小牧に向かう（そこから敦賀へのフェリーが出るのだ）。でも、支所の前に、屈中の中学三年生たちが集まっていた。長男がうれしそうにそちらへ歩いていく。一緒に修学旅行に行った長男を見送るために待っていてくれたのだ。どこまでもあたたかい人たち。ほんとうにありがとう。

四月

いつかまた

福井に帰ってきた。帰ってきてしまった。

すごく不思議な感覚だ。あんなに充実した濃い一年間だったのに、今となってはまるで現実ではなかったみたいな気がしている。はじめからあれは幻で、実は私たちはずっとこちらで暮らしていたのではないか。あるいは、パラレルワールドが存在していて、私たちは今もあの山の中で笑いながら暮らしているのではないか。今日も雪を踏みしめて歩き、やっと芽を出したフキノトウを摘んで。

四月某日　おかえり

帰ってきてみたら、予想以上にあたたかく迎え入れてもらえて少し驚く。友人たちの集まりはもちろん、学校や、お店、あちこちで声をかけてもらえるのだ。

「おかえり〜」

「ただいま〜」

なにげないやりとりの、しみじみとうれしいこと。

「ほんとに帰ってきたんやの〜」

という台詞《せりふ》もよく聞いた。北海道があんまり楽しそうだったから、と。たしかに楽しかった。ほんとうに一年で帰れるのかどうか、自分たちにもわからなかったくらいだ。

でも、帰ってきた。ということは、やっぱり一年間北海道で暮らしたのだ。いつか、またあの山に戻ったときに、「おかえり〜」と言ってもらえたらいいなあと思う。

四月某日　雨の発見

雨が降って、なんだか妙に新鮮。この新鮮な感慨がどこから来るのかわからなくて、しばし考え、思い当たった。山では十月の半ばには雪が降りはじめ、以降は律義にずっと雪だった。雨は実に半年ぶりなのだ。雨の降るさまを見るだけでしみじみと懐かしいなんて、北海道帰りの特権だ。雨もなかなかいいものだったのだなあ。

四月某日　部活

中学校へ転入手続きに行く。すると、次男ボギーが、バドミントン部の顧問の先生に、春休み中から部活に参加させてもらえませんかと自ら直訴していた。自信があるからではない。自信がなくて、慎重だからこそだろう。一日でも早く部活に参加して、新しい学校に慣れたい。新学期に備えたい。ボギーの気持ちがいじらしい。先生が快諾してくださったので、さっそく参加。がんばれ。がんばれ、ボギー。

四月某日　はじまりの日

長男は高校の入学式。次男とむすめは、それぞれ中学校、小学校の始業式だ。夫も今日から新しい職場で働きはじめる。青空の下、桜が咲き誇っている。春だ。今頃、山ではまだ湖の氷が解けていないはず。桜は裸のはず。もしかしたら、雪が降っているかも。入学式の報告を兼ねてメールをしてみたら、すぐに返信あり。

「吹雪だよ」

四月某日　気温について

北海道から帰ってきた身としては大きな声では言えないが、寒い。福井も寒いわ。四月だというのにダウンを着て歩いていたら、たまたま通りかかった友達に線路を挟んだ向こうの道から大きな声で、「宮下さん、着すぎ！」と叫ばれた。だって寒いんだもん。

四月某日　生協再開

一年前と同じ配達担当のお兄さんが来てくれる。相変わらずテンションが高い。

「わあ、お兄ちゃんもう高校生！　早っ！　こないだまでこんな（手をお臍《へそ》のあたりまで下げて）小さくて、この辺走りまわってたのに！」

いや、一年前も中学生でした。

四月某日　新体制、始動

山の学校でも、新学期。校長先生とミヨシ先生、イズミノ先生が転任になった。児童生徒からは宮下三兄妹が抜けて、保育園から牧場のこごみちゃんが一年生に上がり、新たに山村留学生として一家族が加わった。その家の子供は、五年生のふたごちゃん。つまり、三人減って三人増えた。プラマイゼロだ。やった。

学校は、児童生徒数十五人以上で事務職を置くことができる。ひとりでも減ったら事務のユウキさんが残れなくなるところだった。子供たちにも保護者からも大人気のユウキさん。ああ、よかった。むすめが抜けて三人になるかと思われた五年生が五人になって、今年もまた町の陸上記録会の四百メートルリレーに参加できる。ああ、ほんとによかった。

四月某日　ことちゃん

牧場を営む愛澤家に五人目の赤ちゃんが誕生。名前はことちゃん。めちゃめちゃ可愛い女の子だそうだ。あの家の子供たち（なおくん、るいちゃん、ときくん、あきくん）は、みんな賢くてやさしい子たち。ことちゃんはトムラウシのアイドルだろう。早く会いたいなあ。

四月某日　中学校のクラス分け

今年の富村牛中学校は、小学校からあやめちゃんが進学し、一年生がひとり、二年生がふたり、三年生がひとり。女子ばかり四人になった。

さて、クラス分け。一・二年生の複式学級にしても、二・三年生をひとつにしても、どちらかの学級は生徒がひとりになってしまう。ちょっとさびしいかも……と思っていたら、なんと！　今年は、一・三年学級が誕生した。あやめちゃんと三年生ののんちゃんが一緒になる。なんて名案。相乗効果が生まれる予感がする。二年生はももちゃんななちゃんだけで一クラス。こんなことができるんだなあ。自由だなあ。

四月某日　カメムシ

山の学校の教頭先生から、カメムシが大量発生して苦労しています、との情報が入る。あはは、カメムシ、大変だねえ、と家族で笑ってから、そういえば、と思う。うちがいた一年の間、虫で本格的に困ったことはなかった。いや、正確にいうなら、ヌカカにはやられたが、あれは毎年のことだ。いやいや、家の中に蟻がたくさん入ってきてぎゃわわわとなったこともあった。うん。秋のバッタにも閉口した。歩いているだけで顔にぴしぴし当たって痛かった。

でも、「大量発生」となるとレベルが違う。前の年にバッタが大量発生したそうだが、群れて目や鼻や口に飛びこんできて歩けない状態だったらしい。その前の年には、マイマイ蛾が大量発生。木や電柱や家の壁がびっしりマイマイ蛾で覆われたという。想像を絶する光景だ。私たちのいた一年間だけ、それがなかった。ラッキーだった。たぶんめちゃめちゃラッキーだった。

四月某日　引力

四月も半ばを過ぎたというのに、まだ慣れない。目が覚めると、自分がどこにいるのか思い出せない朝がある。大雪山国立公園の中なのか、福井の町中なのか。私の頭が変なのだろうか。いやいや、あの山の引力が強すぎるせいだと思いたい。山の空気はほんとうにおいしかった。今、あの山の中にいないことが不思議だ、と思う瞬間がときどき来る。

四月某日　朝

三人の子供たちは、山ではひとつの学校に揃って通っていたけれど、今はそれぞれ別々の学校だ。小学校、中学校、高校。毎朝、少しずつ違う時間に家を出ていく。これからは兄妹のいない学校で、ひとりでがんばっていくのだ。あたりまえといえばあたりまえのことなのに、朝、見送るのが少しせつない。

四月某日　山菜

一年間、福井で帰りを待ちわびていた実家の父母が、子供たちにいろんな話を聞きたがる。びっくりしたこともあったんじゃない？　と水を向けられて、

「最初にショックを受けたのは」

長男が話している。

「その辺に生えている草を採って食べたこと」

「えっ」

それって、山菜採りだよ。ちゃんと洗って、天ぷらにして食べたんだよ。どこがショックだったの。

「エキノコックスとか心配じゃないのかと思って」

もしも野生動物の糞尿がかかっていたら、獣くさいからすぐわかる。ボギーならまだしも長男がそんなことを気にしていたことに驚いた。都会ならいざ知らず、山が近い福井に住んでいながら山菜採りひとつ連れて行かなかったのだと親として反省する。でも、エキノコックスの検査は受けようと思う。

四月某日　ワンさぶ子参上

子供たちの脳内犬ワンさぶ子が現実世界に存在していたことが判明。趣味のペットショップめぐりを楽しんでいたむすめが偶然見かけたという。ワンさぶ子がいた、ワンさぶ子がいた、と言うので見にいってびっくり。ほんとにワンさぶ子がいた。

イメージ通りの、柴犬、白。生後二か月。宮下ワンさぶ子。

そういえば、山の中で暮らしていた頃は、どこもかしこも生きものの気配に満ち満ちていたなあと思い出す。森を歩くだけで、木々の陰から、土のそこここから、生きもののひそやかな息遣いが感じられるようだった。

町に帰った今、あの息遣いが恋しい。ワンさぶ子の赤ちゃん動物くささが愛おしい。ここで出会ったのは運命だったと思う。むすめが抱きかかえるようにして、連れ帰る。

「ワンさぶ子、ウィッシュピー!」

それにしても、変な言葉を教えるのはやめてほしい。ウィッシュピーは、たしか、「醤油取って」。

四月某日　戸惑い

全国的に、小学四年生は社会の授業で自分の住んでいる地域のことを詳しく調べて学ぶ学年だったらしい。むすめも去年は、十勝の町や山や川、おもな産業や人口など、一年かけて学習した。しかし、ここは福井。大雪山も十勝川もない福井だ。

四年生の復習で出た社会の問題がほとんどわからなかったという。

「みんな福井のこといっぱい勉強してるんだよ。ユーラシア大陸って言われても、きなこ（仮名）聞いたこともなかった」

たしかにユーラシア大陸は十勝じゃない。だけど、福井でもなかった気がする。だいじょうぶか、むすめ。

四月某日　算数

算数の宿題をしながら、むすめが頬杖をついて考えごとをしている。

「71っていい数字だと思う？」

「え」

「1012はいいなあと思うけど、71はどうかな」

言っていることがよくわからない。

四月某日　打ち合わせ

帰ってきて、福井の仕事を受けやすくなった。今年は越《こし》のルビー音楽祭の『音の絵本』コンサートの原作を担当する。音楽の監修は昔から大好きだった作曲家笠松《かさまつ》泰洋《やすひろ》さん。笠松さんと打ち合わせができるだけで、役得だ。私の原作に合わせて、いくつか曲をつくってもらえるという。やったー! 普段はひとりでこつこつする仕事のせいか、人と一緒に何かをつくる作業が新鮮で楽しくてしかたがない。

四月某日　それぞれの日曜日

日曜日、夫は職場のバーベキューに出かけていった。地域の人も交えて開かれるという。

長男と次男は部活、むすめのところへは友達が遊びに来てくれている。

それぞれに過ごす休日はずいぶん久しぶりだ。山にいたときは常に家族が一緒だった。良い悪いではなく、選択肢がなかった。濃い一年だったと思う。そうそう、山村留学を考えている方がいたら、間違いなく楽しいけど家族の仲がよくないと厳しいかもしれない。宮下先輩より心からの忠告です。

夕方、バーベキューから帰ってきた夫が「楽しかったよ。今度は家族で行こう」と言う。耳を疑った。一年間の山暮らしでいちばん変わったのは、実はこの人かもしれない。親睦の場が苦手な人だった。山へ行く前なら、知らない人とは口もきけなかっただろう。感慨深い。いくつになっても人は変われるのだ。

四月某日　北海道ふたたび

やっと就職して落ち着いたはずの夫が、また北海道へ行く。ただし短期。半月余りの仕事があるのだそうだ。希望の場所とは違って、今度はずいぶん北のほうだ。どれだけ北海道好きなのか。こちらで働きはじめたばかりの職場はどうするのかと聞いたら、

「待っててくれるって。半月働いたらまた戻ってきてくれればいいって」

なんという懐の深い職場。

「ゴールデンウィークには君たちも来るよね？」

当然のように言われるが、子供たちのゴールデンウィークは飛び石連休だ。しかも、部活も入っている。つくづく、トムラウシでの一年間が、私たち家族にとって貴重な一年間だったのだと痛感する。もう、あんなふうに家族がいつも一緒にいて、いろんな体験をすることはないのかもしれない。そう思ってから、チャンスの神さ

まには髪がふさふさあることを思い出す。チャンスは、きっとまた来るね。また来るよ。

結局、切符が取れなかった。夫は十一人乗りのハイエースにたったひとりで乗って出発していった。見送るヒロト（仮名）、ボギー、きなこ（仮名）、ワンさぶ子。ああ、いつかまた、と思う。みんなでハイエースに乗って、北へ向かって出発する日が来るのだろう。想像や期待などではなく、確信する。いつかまた、必ず。

それから　二年後の春

続きを書いてほしい、といわれることがある。あの小説の主人公は、それからどうなったの？　続きが読みたいと望まれるのはしあわせなことだろう。

私も、小説の登場人物たちが、その後どうしているのか気になるし、知りたいと思う。でも、作中の登場人物たちは、本を閉じても、生きている。書かれた物語はそこで終わりでも、彼らの人生は続いている。どこかで元気に暮らしていて、ある日ばったり会うことだってあるかもしれない。作者にも、生きている彼らの「それから」はわからない。

そもそも小説の中でさえ、こちらが思っている通りに動いてくれるとは限らない。予想もつかない言動で作者を驚かすこともしばしばあって、むしろそれがなかったら、小説を書く楽しみは半減する。そんなだから、書き終えてしまった物語の「それから」には責任が持てない。ただ、「末永くしあわせに暮らしましたとさ、めでたしめでたし」で、ぷっつりと終わるわけではないことだけはたしかだ。あとは読者の方が自由に想像してくださることも含めての物語なんじゃないかと思う。

さて、私が書くものはほとんど小説なのだけど――この頁は例外――そうではない本もある。ちょうど一年前に出したのが『神さまたちの遊ぶ庭』という、北海道のトムラウシで暮らした一年間の物語だ。物語といってもフィクションではなく、ノンフィクションとも呼べない、エッセイに限りなく近い本である。この本に関してだけは、続きがある。登場人物たちは全員実在の人物だし、今もここ福井や北海道で生きている。つまり、「それから」がある。

現実は厳しい、といわれる。お話のようにはうまくいかない、と揶揄されることもある。ほんとうにそうだろうか。もちろん、うまくいかないことはある。でも、うまくいくことだってちゃんとある。思ってもみなかった「それから」に出会うことも、あるのだ。

この本の中盤に、ひとりでトムラウシを出て都会の高校に通っていた、お隣の後藤家のなっちゃんの話が出てくる。山の小さな学校、全員が顔見知りの集落で暮らしていたなっちゃんは、都会の大きな進学校とひとり暮らしになじめなかったのか、高校に通えなくなってしまう。そればかりか、歩くこともできなくなって、車椅子でトムラウシに帰ってきた。まじめで、やさしくて、集落の子どもたちから慕われていたなっちゃん。隣人として、はらはら見守ることしかできなかった。

やがてなっちゃんは、山の麓にある、地元の町の高校に転校する。全校で数十人の小さな学校だが、先生方に情熱があり、生徒たちひとりひとりが大事に見守られているのが伝わってくる学校だ。ここに移って二年生をもう一回やると決めたら、なっちゃんは歩けるようになった。目の前でスキップするなっちゃんを見て、全トムラウシが泣いたものだ。

そのなっちゃんの「それから」。小さな学校で育つ子どもたちの先生になりたい、と話してくれたとき、なっちゃんほどの適任者がいるだろうかと思った。楽しさも、つらさも、頑張ることも、頑張れないことも、身をもってたくさん経験してきた先生。素晴らしいではないか。「合格しました！」とよろこびの連絡をくれたのはつい最近のことだ。あれから二年、なっちゃんは、この春、北海道教育大学に進学する。

福井新聞社発行　月刊「ｆｕ」２０１６年２月号掲載

あとがき

トムラウシから福井へ戻って、丸三年が経ちました。今でもトムラウシは私たち家族の心の中にあって、ぴかぴか光ったり、ときどきはびゅうびゅう風を吹かせたりしています。ほんとうに楽しい一年間でした。

あのとき富村牛小中学校にいた先生たちはみんな転勤になり（僻地校なので異動が早い）、今ではどなたも残っておられません。のんちゃん、ももちゃん、ななちゃん、あやめちゃんが卒業し、最上級生はまりあちゃんとしずくちゃんのふたりになりました。あの頃二歳でよちよち歩きだった武藤家の四人目、くわちゃんが小学生になり、愛澤家の五人目、ことちゃんはこじか園に上がりました。それから、変わったことといえば、シングルマザーだったお隣のますみさんが、牧場の三上さんと結婚したこと。どうぞおしあわせに。

中三、中一、小四だったわが家の子供たちも大きくなり、この春から大学一年、高校二年、中学二年生です。長男ヒロト（仮名）は福井を出て東京の大学へ進学しました。大学に受かったことを知らせたら、トムラウシの人たちが大よろこびしてくれて、三年前に高校に受かったときの記憶がよみがえって胸が熱くなりました。そうそう、ヒロト（仮名）もボギーもバドミントンを続けています。練習熱心なボギーは兄と同じ高校のバドミントン部の副将になり、どうやらもう兄よりも強いみたいです。夫もバドミントンが好きになって、週に三回、体育館での練習を欠かしません。絵を描くのが好きなむすめは、三十数年前に母が通った中学の、母が属していた美術部に入り、毎日絵を描いています。画家の布川愛子さんに憧れているそうです（この本の装画を手掛けてくださいました）。いきものがかりとしては、ワンさぶ子と、新たに増えたメダカたちの世話を一手に引き受けています。

私は、トムラウシで書いていた小説『羊と鋼の森』が本屋大賞を受賞し、新得町に一軒だけある書店・相馬商店さんに本を置いてもらう野望を叶えました。もう思い残すことは……あるよ！　まだあるよ！

文庫化にあたって読み直していて、「ここを離れても生きていけるだろうか」という一文にはっとしました。本気でそう思っていたあの頃の切実な気持ちが身体中に膨らんで、あの一年間が、森の匂いが、ひんやりとした山の空気が、友人たちの笑顔が、確実に私の一部になって生きているのを感じました。

今も、夏には毎年トムラウシへ遊びに行って、たくさん話したり笑ったり、素晴らしい眺めの中をゆっくり散歩したり、バーベキューに交ぜてもらったり、小中学校の体育館でバドミントンをしたりします。子供たちは（特にむすめは）一瞬で当時に帰るようで、トムラウシの子として楽しそうに友達と過ごします。強い輝きがあの山にはたしかにある、と思います。あの生命の輝き、人生の輝きのようなものが、少しでもこの本に閉じ込められていたらと願います。いつかまたこの本を開いたときに、あの輝きが、私たちの今日を、明日を、そっと照らしてくれますように。

解説

まさきとしか（作家）

いつから北海道はもてはやされるようになったのだろう。

昭和四十年代、関西生まれ東京育ちの母が札幌に引っ越すことになったとき、「そんな熊が出るところになんで行くの！」とみんなに止められたという。「いいなあ」「うらやましい」と言った人はひとりもいなかったそうだ。あのころは、札幌でさえ「熊に食われる場所」というイメージだったのだ。

それがいま、北海道は憧れの地だ。季節を問わず、国内外からたくさんの観光客が来てくれる。北海道に住む我々道民にとっては誇らしいことだ。たまに、極寒の雪原でウェディングドレスを着て写真を撮っている外国人がいて、「正気かよ！死ぬよ！」って思うけど、それだけ美しい風景ってことですよね。

たしかに北海道はいい。食べ物はおいしいし、空は広いし、空気はさわやかだし、雪は幻想的だ。うん、北海道はすごくいい。遊びに行く分にはね。住むとなると話はちがう。だって寒いし、雪が降る。寒さは水道を凍らせ、肩こりを悪化させ、血圧を上げ、脳梗塞のリスクを高める。雪は交通機関を麻痺させ、玄関や窓を開かなくさせ、我々の自由を奪う、どころか命を奪うこともある。私が暮らす人口二百万都市・札幌でもそうだ。東京から札幌に単身赴任中のA男が、先日言った。「冷たい雪道を、犬を裸足で散歩させるなんて考えられません」「北海道って冬が長すぎませんか？」「気候がいいっていうけど、ほんとうに快適な日は年に数日しかありませんね」ひどい、けど正解。

それなのに、宮下家五名様は福井からいらっしゃった。しかも、トムラウシに。

トムラウシは日本百名山のひとつで、大雪山国立公園に指定されている。アイヌ語でカムイミンタラ――「神々の遊ぶ庭」と呼ばれる美しい山だ。しかし、トムラウシと聞いて我々道民がまず思い浮かべるのは遭難事故だ。夏山で多くの登山者が低体温症で亡くなっているのだ。

その麓から三五〇メートルの集落に、宮下家は一年間、山村留学をする。住所でいうと、一応、新得町になるけれど、「町」ではなく「山奥」だ。イメージではなく、現実的に「熊に食われる場所」といっていい。

そんな集落に自ら手をあげてやってきた宮下家は、東京生まれ東京育ちで北海道をこよなく愛する宮下夫、福井生まれ福井育ちの小説家の宮下妻（著者）、そして中三の長男、中一の次男、小四の長女の五人家族だ。


宮下家を迎え入れたのは、四月なのに、雪と氷に覆われた真冬みたいなトムラウシの自然。そして、「神々の遊ぶ庭」で元気いっぱいに暮らす人々だ。

ご近所さんには、山村留学を延長して何年も暮らしている人もいる。なかでも、隣家のますみさんは、熊に会いたくて山を歩きまわる猛者《もさ》だ。しかも、動物のオシッコのにおいを嗅ぎ分けられるという。しかし、わずか数日で、宮下妻もふっと香った獣臭に「これはキタキツネのオシッコだね」と断言できたのだから、人間の野性的潜在能力ってものすごいと思う。

三兄妹が通う小中併置校の先生もまた個性派揃い。特に校長の無邪気さといったら！　すぐにはしゃいで、木に抱きついたり登ったり落ちたり転がったり、温泉で泳いで生徒に他人のふりをされたり。この時代に、こんなに元気いっぱいで愉快な先生がいることに、そしてそんな先生が愛される場所があることに、ニッポンはまだ大丈夫だぞ！　と読んでいるこっちまで元気になってくる。ただ、個性とおもしろさでいえば、私的には宮下三兄妹に軍配を上げたい。
ここで、私がいちばん気に入っている三兄妹の科白《せりふ》を抜粋させていただく。

長男・ヒロト（仮名）
「この学校はすごいよ、宿題が出たことがない」（のちに宿題は出ているが、長男がやっていないだけと判明。すごいのは長男。ほんとすごいよ、長男）

次男・「漆黒の翼」のち**「英国紳士」**のち**「ボギー」**（いずれも仮名）
「もっと熱くなれよ！」「もっとできるはずだろ！　俺は信じてるよ」（通信速度の遅いパソコンを叱咤激励。それにしても仮名のセンスが無敵）

長女・きなこ（仮名）
「ウィッシュピー（醤油取って）」（妄想上の犬・ワンさぶ子に向かって。犬に醤油

取ってと命じる人を私はほかに知らない）

宮下妻の目で読んでいくと、トムラウシでの暮らしは楽しいことしかないように見えるかもしれない。けれど、トムラウシだから無条件に楽しいのではなく、本気で楽しもうとしているから楽しめるのだ。

本気になるには覚悟がいる。勇気もいる。捨てなきゃならないものもあるだろうし、手に入れなきゃならないものもあるだろう。ある種、腹をくくらなければ、本気で楽しむことなんかできない。腹をくくるというのは、本気で生きるということだ。

宿題をしないけれど生徒会長の長男ヒロト（仮名）は、運動会の閉会式の挨拶でこう言っている。

「ここトムラウシで、今日も本気の大人たちをたくさん見ました。大人の本気ってかっこいいです」

トムラウシには、キタキツネやエゾリスなどかわいらしい動物だけじゃなく、家に侵入しようとする蛇もいるし、生物兵器になるくらいかゆいヌカカに刺されるし、熊もいる。冬は髪の毛どころか、まつ毛やコンタクトレンズまでが凍る。油断すると命を落とす。だからこそ、神々が遊ぶ庭にふさわしい美しさに満ちている。

厳しさのなかに美しさがある。

それは、宮下奈都の小説にも通じる気がする。

宮下奈都が描く人々は、みんな本気で「自分」を生きている。自分を生きる――あたりまえに思いがちだけれど、自分を生きるためには、自分とまっすぐ向き合わなければならない。弱いところ、汚いところ、ずるいところ、見たくないものを見て、それを認めるのは勇気がいることだ。注目を集めた『スコーレNo．4』は、ひとりの少女が自分のコンプレックスと向き合い、悩みながらも成長していくようすを描いている。本屋大賞にノミネートされた『誰かが足りない』は、ままならない現実と向き合う人が、それでも前へ踏み出そうとする物語だ。本屋大賞を受賞した『羊と鋼の森』の舞台は北海道だ。それまでピアノと縁のなかった少年が調律師をめざす長編小説で、トムラウシでの生活が執筆のきっかけになったという。

どの小説も、登場人物は悩みや苦しみを自分で引き受け、日々を重ねている。その先に、一筋の小さな光が見える。その光は、本気の人にしか見えないのではないか。その光の尊さは、本気の人にしかわからないのではないか。本気で自分を生きる人への祝福の光。それは、木々のあいだから射し込むトムラウシの冬の光をイメージさせる。

トムラウシでの暮らしだってそうだ。

本気で生きて、本気で楽しもうとしている人にだけ、神々は祝福するようなきらきらと輝く時間をくれる。

この本は、残り三分の一ほどになったところから、おもしろいから早くページをめくりたいけれど、読み終わりたくないからページをめくりたくないというジレンマに陥るだろう。予測不能に愉快で、驚きと発見に満ちた輝く日々をいつまでも宮下家と共有したいと思うはずだ。でも、大丈夫。読み終わったら、また最初から読めばいいじゃないですか。

最後に、十一月某日に千歳市立図書館で行われた宮下妻と北大路公子さんの講演会についてふれておこう。宮下妻は、完全アウェーでみんな北大路さんを見ていたと書いているが、そんなことはありません。「奈都センセ、めんこい♡」と会場のあちこちがざわめていたことをここに記しておきたい。

北海道には奈都センセのファンがとても多い。「だって奈都センセ、北海道に住んでたことあるもね。だから道民みたいなもんだもね。仲間だもね」という思考回路である。どうですか、この両手を広げてウェルカムな感じ。単純と言うな、おおらかなのだ。やっぱり北海道はいい。

初出
「小説宝石」二〇一三年五月号〜二〇一四年六月号
二〇一五年一月　光文社刊
「それから」福井新聞社発行月刊「ｆｕ」
二〇一六年二月号掲載

光文社文庫

神《かみ》さまたちの遊《あそ》ぶ庭《にわ》

著者　宮《みや》下《した》奈《な》都《つ》

2017年7月20日　初版1刷発行
2024年5月30日　6刷発行

発行者　三宅貴久
印刷　萩原印刷
製本　ナショナル製本

発行所　株式会社 光文社
〒112-8011　東京都文京区音羽1-16-6
電話 (03)5395-8149　編集部
8116　書籍販売部
8125　制作部

落丁本・乱丁本は制作部にご連絡くだされば、お取替えいたします。
ISBN978-4-334-77505-6　Printed in Japan

JASRAC　出1707086-406　　組版　萩原印刷

ドクターぶたぶた　矢崎存美
居酒屋ぶたぶた　矢崎存美
海の家のぶたぶた　矢崎存美
ぶたぶたラジオ　矢崎存美
森のシェフぶたぶた　矢崎存美
編集者ぶたぶた　矢崎存美
ぶたぶたのティータイム　矢崎存美
ぶたぶたのシェアハウス　矢崎存美
出張料理人ぶたぶた　矢崎存美
名探偵ぶたぶた　矢崎存美
ランチタイムのぶたぶた　矢崎存美
ぶたぶたのお引っ越し　矢崎存美
湯治場のぶたぶた　矢崎存美
緑のなかで　椰月美智子
生ける屍の死（上・下）　山口雅也
しんきらり　やまだ紫
京都不倫旅行殺人事件　山村美紗

店長がいっぱい　山本幸久
永遠の途中　唯川恵
ヴァニティ　唯川恵
別れの言葉を私から　新装版　唯川恵
刹那に似てせつなく　新装版　唯川恵
バッグをザックに持ち替えて　唯川恵
ブルシャーク　雪富千晶紀
臨場　横山秀夫
ルパンの消息　横山秀夫
酒肴酒　吉田健一
ひなた　吉田修一
読書の方法　吉本隆明
遠海事件　詠坂雄二
電氣人閒の虞　詠坂雄二
インサート・コイン（ズ）　詠坂雄二
T島事件　詠坂雄二
ずっと喪　洛田二十日